suhrkamp taschenbuch 5345

Bei den Untersuchungen zum Tod eines Mannes, der in einem scheinbar leerstehenden Haus verhungerte, stößt die Kripo auf den Namen einer Frau: Soraya Roos. Das ruft Kommissar Tabor Süden auf den Plan, den Spezialisten für Vermissungen, denn vor zehn Jahren verließ Soraya von einem Tag auf den anderen ihre Familie und gilt seitdem als verschollen. Süden beginnt erneut mit der Suche und stößt auf eine Spur, die ihn nach Tissano führt, ein verschwiegenes Dorf im Friaul. Niemand dort will die Gesuchte kennen und doch ist Süden klar, dass dies der Ort ist, an dem er die Antworten auf all seine Fragen erhalten wird. Als es so weit ist, erlebt das Dorf eine blutige Nacht, die seine Bewohner niemals vergessen sollen …

Friedrich Ani, geboren 1959, lebt in München. Er schreibt Romane, Gedichte, Jugendbücher, Hörspiele, Theaterstücke und Drehbücher. Sein Werk wurde in mehrere Sprachen übersetzt und vielfach prämiert, u. a. mit dem Deutschen Krimipreis, dem Adolf-Grimme-Preis und dem Bayerischen Fernsehpreis. Friedrich Ani ist Mitglied des PEN Berlin.

Aus der Süden-Reihe sind zuletzt bei Suhrkamp erschienen: *Der Straßenbahntrinker* (st 5297), *Der Luftgitarrist* (st 5298), *Das Gelöbnis des gefallenen Engels* (st 5299), *Die Frau mit dem harten Kleid* (st 5344) und *Der Narr und seine Maschine* (st 5020).

Friedrich Ani

DAS GEHEIMNIS DER KÖNIGIN

Ein Fall für Tabor Süden

Suhrkamp

Der hier vorliegende Text erschien zunächst 2002
unter dem Titel *Süden und das Geheimnis der Königin*
bei Droemer Knaur, München.

Klimaneutral
Druckprodukt
ClimatePartner.com/14438-2110-1001

Erste Auflage 2023
suhrkamp taschenbuch 5345
Neuausgabe

Umschlaggestaltung: Lübbeke, Naumann, Thoben, Köln
Umschlagfoto: Udo Siebig/mauritius images
Druck und Bindung: CPI books GmbH, Leck
Printed in Germany
ISBN 978-3-518-47345-0

www.suhrkamp.de

DAS GEHEIMNIS DER KÖNIGIN

Ich arbeite auf der Vermisstenstelle
der Kripo und kann meinen eigenen
Vater nicht finden.

Tabor Süden

1

Es war die blutigste Nacht, die das Dorf je erlebt hatte. Und niemand – nicht der Verwalter, nicht der Bürgermeister, nicht der Priester – hatte eine Erklärung, wie es zu dem Massaker kommen konnte. Über den kiesbedeckten Innenhof des ehemaligen Gutshofes zogen sich meterlange Blutspuren, Stühle waren umgestürzt, der Boden übersät von abgerissenen Blättern, Farnen und Gräsern. Die windige Juninacht war erfüllt von atemloser Stille. Sogar die Grillen hatten aufgehört zu zirpen. Und trotz des Windes war im weitläufigen, dicht bewachsenen Park kein Rascheln zu hören. Es war, als hätten die siebzehn Opfer, die in der Nähe des Teichs lagen, jedes Geräusch mit in den Tod genommen.

Im bleichen Licht, das aus den Fenstern im Erdgeschoss in den Hof fiel, standen reglos fünf Männer. Einer von ihnen war ich, ein anderer mein Freund und Kollege Martin Heuer, der dritte Roderich Hefele, der deutsche Besitzer des zu einem Hotel umgebauten Anwesens, der vierte Luigi Fadini, der Verwalter, und der fünfte ein Einheimischer, der Friauler Severino Aroppa, den Martin und ich bis kurz vor dem Unglück vernommen hatten.

Keiner von uns tat etwas. Im Haus hielten sich Kinder und Frauen auf, unter ihnen die Ehefrau und Tochter des Besitzers, ein paar Hotelgäste und meine Kollegin Sonja Feyerabend, die im Gegensatz zu Martin und mir Urlaub und die Gelegenheit ergriffen hatte, uns in dieses friulische Dorf zehn Kilometer südlich von Udine zu begleiten. Das hieß, sie hatte Martin Heuer im Auto chauffiert, während ich mit dem Zug angereist war. Bei der Fahrt durch den kilometerlangen Tauerntunnel wäre ich an Klaustrophobie gestorben. Und hätte Sonja eine andere Route genommen, wären wir mindestens doppelt so lang unterwegs gewesen.

Vier Tage nach meiner Ankunft ereignete sich die Blutnacht von Tissano, genau zu jenem Zeitpunkt, als Martin und ich kurz davorstanden, den Fall, an dem wir seit so langer Zeit gearbeitet hatten, endlich abzuschließen. Am zehnten Juni war ich am Bahnhof S. Stefano Udinese aus dem Zug gestiegen, verschwitzt und durch und durch mürrisch. Die Sonne brannte auf mich herunter, und ich war der einzige Mensch weit und breit. Sonja und Martin hatten versprochen, mich abzuholen, ich hielt vergebens nach ihnen Ausschau. Die unbefestigte Straße, die an dem verfallenen Bahnhofsgebäude vorbeiführte, kochte vor Hitze. Kein Auto, kein Radfahrer, kein Traktor, nichts, nirgends, nur vor Grün strotzende Wiesen, in der Ferne ein Pappelwald, auf der anderen Seite der Straße die trostlose Mauer eines Friedhofs. Der Zug war so schnell verschwunden, als wäre er innerhalb von Sekunden in der Mittagsglut verdampft.

Was mache ich hier?, dachte ich. Was mache ich bloß hier?

Am Wartehäuschen, einem würfelförmigen Gebilde aus billigen Metallstützen, fehlten die Scheiben. Die Fensterläden am einstöckigen Bahnhof waren geschlossen. Reste eines Fahrplans hingen an einer verwitterten Tafel.

Unter einem schmalen, schmutzigen Wellblech verlief eine Leiste mit Kleiderhaken an der Wand, davor eine rechteckige Konstruktion aus Eisenstangen, an denen das Dach befestigt war. Welchen Zweck dieses Kabuff erfüllt hatte, blieb mir ein Rätsel.

Außerdem war es zu heiß, um über solche Dinge nachzudenken. Die einzige Frage, die ich zu klären hatte, war, in welcher Richtung man das Dorf erreichte. Allerdings wäre es interesssant gewesen zu erfahren, wer die zwei rot-weißen Schranken dirigierte und wo der Wärter sich aufhielt. Das Bahnhofsgebäude sah aus, als hätte seit Jahren kein Mensch darin gearbeitet.

Ich stand am Straßenrand, die blaue Reisetasche neben mir, es roch nach Gras und Blüten. An der Schmalseite des Hauses hing ein blaues Schild, weiß umrandet, auf dem stand in weißer Schrift: »S. Stefano Udinese«. Dann fiel mein Blick auf das Vordach über dem verriegelten Eingang. Unter dem mittleren Fenster im ersten Stock war ebenfalls ein blaues Schild angebracht, auf das jemand in weißer Schrift mit der Hand geschrieben hatte: »Tissano«. Vor dem Wort war ein Pfeil, der nach rechts zeigte.

Aber ich vermutete, gemeint war, man müsse links am Gebäude vorbeigehen und dann der Straße folgen, die nach wenigen Metern abbog und hinter einem Baum verschwand.

Und tatsächlich befand sich vor dem Baum, der sich als üppiger Strauch herausstellte, das Ortsschild. Neben einem Hinweis auf Tempo fünfzig zeigte ein zweites rundes Schild eine rot durchgestrichene Trompete. Sofort wünschte ich, es hätte dieses Schild in hundert Kopien auch in dem Dorf gegeben, in dem ich aufgewachsen war. Vielleicht wären mir dann die niederschmetternden Blaskonzerte erspart geblieben, mit denen der Trachtenverein mehrmals im Jahr seine Spendeneinnahmen zu rechtfertigen versuchte.

Weiße Wolkenschlieren überzogen den blassblauen Himmel, als ich nach einer Viertelstunde den viereckigen Steinturm einer Kirche erreichte, direkt an der Straße. An einigen der bungalowartigen Häuser, an denen ich vorübergekommen war, hatten Hunde gebellt, ansonsten regte sich kein Leben. Wie ich später erfuhr, hatten viele Bewohner nach einem schweren Erdbeben, das die Region verwüstet hatte, mit der finanziellen Unterstützung des Staates nicht nur solidere, sondern vor allem schönere Häuser bauen lassen, kleine weiße Villen mit breiten Terrassen und Zufahrten, lichten Räumen, Garagen, elektrischen Toren und Alarmanlagen. Im Vergleich zu den ursprünglichen, von der Katastrophe verschont gebliebenen, teilweise unverputzten Steinhäusern wirkten die Neubauten protzig und etwas selbstherrlich, wenngleich die Bewohner zur Dorfgemeinschaft zählten wie alle anderen, jedenfalls die Mehrzahl von ihnen.

Schön wäre es gewesen, wenn bei meiner Ankunft im Dorf ein Mitglied dieser Dorfgemeinschaft aufgetaucht wäre und mir weitergeholfen hätte, egal aus welcher Sorte von Behausung.

Da ich abgeholt werden sollte, hatte ich keine Wegbeschreibung, ich hatte mir nicht einmal den Namen unserer Unterkunft gemerkt. Sämtliche Unterlagen des Falls hatte Martin Heuer im Auto mitgenommen. Nur den Namen des Dorfes wusste ich, und ich hatte mich genau an die Fahrtroute aus dem Internet gehalten: mit dem Nachtzug nach Venedig, von dort weiter nach Udine und dann mit der Regionalbahn nach S. Stefano Udine Tissano.

Und es hatte geklappt. Ich war da.

Mitten im Friaul, an einem phantastischen, dreißig Grad heißen Tag. Allein in einer Geisterstadt.

Über der Eingangstür des gelben Gebäudes, vor dem ich stehen blieb und meine Tasche abstellte, hing das Schild eines Gasthauses. Die grünen Läden im ersten Stock waren geschlossen, die kleinen Fenster im Parterre vergittert. Der Verputz bröckelte. In diesem Gasthaus verkehrte schon lange kein Gast mehr. Dafür entdeckte ich schräg gegenüber an einer Kreuzung in einem der neu gebauten, nicht aufgetakelt wirkenden Häuser eine Bar. Vier Stufen führten zur Terrasse hinauf, und ich dachte, das müsste trotz der Hitze zu schaffen sein. Mittlerweile war mein ganzer Körper eingeschweißt. Aus unbegreiflichen Gründen trug ich meine an den Seiten geschnürte Lederhose und über dem weißen Hemd meine schwarze Lederjacke. Vielleicht war mein Gehirn durch die intensive Sonneneinstrahlung verklumpt, jedenfalls kam ich nicht auf die Idee, die Jacke auszuziehen.

Die Markise über der Terrasse spendete zwar Schatten, brachte aber nicht die geringste Kühle. Ich setzte mich auf einen weißen Plastikstuhl und starrte das bunte Blechschild mit den Namen der Eissorten an. Auf dem Fensterbrett, unter dem ich saß, blühten Geranien in

Kästen. Ein älterer Mann kam aus der Bar, offensichtlich der Wirt. Er begrüßte mich auf Italienisch, und ich bestellte etwas Unfassbares – eine Cola.

Ich trinke nie Cola. Ich hasse Cola. Ich ekele mich vor Cola.

Sitzend schwamm ich in Schweiß. Dann zog ich endlich die Lederjacke aus. Mein Hemd hätte ich auswringen können. Ich schnaufte. Ich war zu dick für diese Hitze. Ich war nicht dick. Ich versuchte zu denken, dass ich nicht dick war. Natürlich nicht. Ich hatte Übergewicht, das war alles. Ich hörte mich sprechen. Der Schweiß lief mir in den Mund. Der Wirt stellte ein Glas Cola mit Eis vor mich hin. Er sagte etwas, das ich nicht verstand. Ich sagte: »*Grazie.*« Er verschwand im Dunkeln der Bar. Ich trank. Und bevor ich weiter darüber nachdachte, hatte ich das Glas ausgetrunken. Ohne es einmal abzusetzen.

Ein grässlicher Geschmack breitete sich in meinem Mund aus. Wieder starrte ich die Eistafel an. Dann fiel mir ein, dass ich seit der Abfahrt in München nichts gegessen hatte. In Venedig wollte ich unbedingt einen Blick auf den Canal Grande werfen und verließ den Bahnhof, das vermutlich hässlichste Gebäude der Stadt. Danach musste ich mich beeilen, um den Anschlusszug nicht zu versäumen.

Ich sollte hineingehen und etwas zu essen bestellen. Mein Italienisch war lausig. *Un Pane.* Nein. *Un Panino. Un Tramezzino. Con hm?*

Ich hatte keinen Hunger mehr. Die Cola hatte meinen Hunger zerfressen.

Ich schwitzte. Normalerweise schwitzte ich gern. Diesmal nicht. Außerdem hatte ich den Eindruck, ich dünstete ungute Düfte aus. Was mache ich hier?, dachte ich. Martin hätte auch allein herfahren oder Sonja hätte eine Dienstreise beantragen und ihren Urlaub dranhängen können. Ich wollte nicht hier sein. Blödsinn. Natürlich wollte ich hier sein. Die verschwundene Frau war tot, davon waren wir jahrelang überzeugt gewesen, im Grunde war der Fall erledigt. Warum war ich dann hier? Wie hieß der Ort? Schweiß rann mir in die Augen. Ich stand auf. Erst jetzt fiel mir auf, dass der Tisch, an den ich mich gesetzt hatte, nicht im Schatten, sondern in der Sonne stand. Deswegen hatte der Wirt vorhin auf den anderen Tisch neben einem Bäumchen gezeigt.

In der Bar saßen drei alte Männer und spielten Karten. Der Wirt stand dabei und schaute zu. Als er mich bemerkte, ging er hinter den Tresen.

»*Acqua minerale, per favore*«, sagte ich.

»*Con gas?*«

Ich nickte. Beim Nicken fielen Schweißtropfen auf die Theke.

Der Wirt fragte mich etwas, das ich nicht verstand.

»*Scusi*«, sagte ich. Er stellte das Wasserglas vor mich hin.

»*Germania?*«

»*Sì*«, sagte ich.

»*Signor Hefele?*«, sagte er.

Bei diesem Namen kehrte etwas Erinnerung in mein ausgedörrtes Gehirn zurück. Wenn ich mich nicht irrte, hieß so der Besitzer – oder Pächter – des Hotels, wo Martin, Sonja und ich wohnen sollten.

»*Sì*«, sagte ich. Und fügte hinzu: »*Sua casa?*«

»Ah.« Der Wirt kam um die Theke und deutete mir mit einer Kopfbewegung an, ihm zu folgen. Das Wasserglas nahm ich mit. Von der Terrasse aus zeigte er auf eine schmiedeeiserne Toreinfahrt in unmittelbarer Nähe.

»*Casa Hefele.*« Im nächsten Moment huschte er an mir vorbei, zurück in sein kühles Refugium.

Das Haus hinter dem Tor und dem Eisenzaun lag inmitten eines Parks, ein zweistöckiges herrschaftlich anmutendes Anwesen, das vermutlich mehr als hundert Jahre alt und eindrucksvoll renoviert worden war.

Von der Bar bis zur Casa Hefele waren es nur ein paar Schritte. Das Tor war verschlossen, und ich fand den Eingang für die Gäste am Seitenflügel, dort, wo vermutlich früher das Personal ein und aus gegangen war. Über der schmalen Holztür stand der Name des Hotels und darunter »Albergo«. Ich klingelte. Ein Hund bellte.

Dann öffnete ein untersetzter Mann mit Schnurrbart die Tür.

Ich sagte: »Mein Name ist Tabor Süden.«

Er sagte: »Ah, Signor Süden. Kommen Sie herein. Willkommen bei uns. Ihre Kollegen sind schon da, sie haben mir von Ihrer Arbeit erzählt.« Sein Deutsch war besser als das aller CSU-Politiker, die ich bisher in Bayern kennengelernt hatte. »Ich bin Luigi Fadini, der Verwalter. Platz, Titus!«

Er meinte den Dobermann, der mir zur Begrüßung die Beine beschnupperte. Hinter ihm tauchte ein zweiter Hund mit weißem Fell auf. Er schlich träge um mich herum und fläzte sich dann auf die weiche Decke eines Sofas, das neben einem Kühlschrank stand. Durch die Glastür sah ich mehrere Weißwein- und Mineralwasserflaschen.

Ich hielt dem Dobermann die Hand hin, er schnupperte kurz und verzog sich in den Garten. Grundsätzlich habe ich keine Angst vor Hunden, misstraue aber jedem, auch dem apathischsten Dackel im Biergarten.

»Bitte füllen Sie das Formular aus, Signor Süden«, sagte der Verwalter.

Anschließend gab er mir zwei Schlüssel und führte mich über einen Kiesweg und durch ein kleineres Tor zu einem Nebengebäude, das in einem abgeteilten Areal des Parks lag.

»Hier wohnt Herr Hefele mit seiner Familie«, sagte der Verwalter. Er zeigte auf die Fenster im ersten Stock eines Seitenflügels. Mich begleitete er die Außentreppe zu einem Trakt hinauf, in dem die meisten Gästezimmer untergebracht waren. Mein Zimmer hatte eine schräge Decke mit Holzbalken und zwei Fenster, die Einrichtung bestand aus einem breiten Bett, einer antiken Truhe, einem Holzschrank und einer blau bezogenen Couch. Die Dielen knarzten, das Bad war hell und komfortabel. Von einem Moment zum nächsten fühlte ich mich wohl.

»Ich glaube, Ihre Kollegen haben Sie später erwartet«, sagte der Verwalter. »Ihr Kollege Heuer ist im Garten.« Leise schloss er die Tür hinter sich.

Von einem der beiden Fenster sah man zum Hauptgebäude hinüber und in den wundervollen Park, der zweifellos von einem professionellen Gärtner gepflegt wurde.

Der üppige Garten machte gleichzeitig einen wilden und gezähmten Eindruck, die Bäume, Büsche und Hecken bildeten in einer Art disziplinierter Urwüchsigkeit ein realparadiesisches Ambiente, in dem in Volieren sogar Papageien herumflogen. Bald darauf begegnete ich auch Erna, dem philippinischen Hängebauchschwein, Liesl, dem Münchner Miniaturschwein, Balduin, der weißen Katze, Jo, dem dritten, undefinierbaren Hund, und Hahn, dem namenlosen Hahn, samt seinem Harem von Hennen.

Ich war in einem Dorf aufgewachsen und versuchte seither, die Stadt so selten wie möglich zu verlassen, allenfalls um in eine andere Stadt zu fahren. Niemals aufs Land, wo ich augenblicklich in einen Zustand panischer Langeweile verfiel.

In Tissano jedoch, in dieser stadtfernsten Gegend, inmitten dieser vor Schönheit und Stille berstenden Landschaft gab es Augenblicke, in denen ich vor Zufriedenheit beinah gegrunzt hätte wie Liesl beim Fressen.

Ich kam mir sehr merkwürdig vor.

Nachdem ich geduscht hatte, minutenlang unter kaltem Wasser, zog ich meine schwarzen Jeans und ein frisches weißes Hemd an und ging hinunter in den Garten. Vor dem Anbau, in dem sich früher der Pferdestall befunden hatte und heute der Harem des Hahns und die beiden Schweine hausten, standen Tische und Klappstühle aus Holz. Zwischen dem Blattwerk an der Hausmauer wuchsen Kiwis. Unter meinen Schuhen knirschte der trockene Kies. Vorbei am Turm, in dem ebenfalls ein Gästezimmer ausgebaut worden war, ging ich über die Wiese. Ein paar Meter war Titus hinter mir hergeschlichen, dann legte er sich nahe der Hauswand in den Schatten.

Auf einem Liegestuhl im kurz gemähten gelbgrünen Gras lag ein Mann, die Beine von sich gestreckt, und schnarchte. Aus zehn Metern Entfernung erkannte ich ihn an seinen Geräuschen.

Kindisch hielt ich ihm die Nase zu. Er schnappte nach Luft, keuchte und riss die Augen auf. Er schwitzte wie ich zuvor auf dem Weg durchs Dorf.

»Servus«, sagte ich.

Er hustete, stöhnte, kratzte sich auf der Brust und stemmte seinen mageren Körper hoch.

»Hab ich verschlafen?«, fragte Martin Heuer.

»Keine Ahnung«, sagte ich.

»Wie spät?«, fragte er.

Wie immer hatte ich keine Uhr dabei. Er hatte auch keine.

»Verdammt«, sagte er.

Martin trug ein olivgrünes T-Shirt, das er fast völlig durchgeschwitzt hatte, und eine graue Stoffhose. Er war barfuß. Seine wenigen, wie zu einem Nest geformten Haare klebten ihm auf dem Kopf, seine Knollennase war dunkelrot. Im Gegensatz zu mir hatte er eine leptosome Figur. Bevor er aufstand, hob er die Schachtel Salem ohne und die Streichhölzer auf, die er neben den Liegestuhl in die Wiese gelegt hatte.

»Hat Sonja dich abgeholt?«, fragte er.

»Nein«, sagte ich.

»Wieso nicht?«

»Habe ich mich auch gefragt.«

»Wie spät?«, fragte er wieder. Dann zündete er sich eine Zigarette an.

»Der Verwalter meinte, ich sei zu früh gekommen«, sagte ich.

Wir gingen zum Hauptgebäude zurück.

»Wollen wir ein Glas Wein trinken?«, fragte Martin.

»Unbedingt«, sagte ich.

Auf seiner Flasche, die neben den anderen im Kühlschrank im Empfangsraum stand, klebte ein kleiner Zettel mit einer Nummer. Der weiße Hund lag immer noch auf dem Sofa und schlief.

»Das ist Birba«, sagte Martin. »Hast du Mr Dober schon getroffen?«

»Ja«, sagte ich. »Titus persönlich.«

Martin nahm zwei Gläser aus einem Wandschrank, und wir setzten uns draußen an einen der Tische vor dem Anbau.

»Möge es nützen«, sagte Martin und hob sein Glas.

»Möge es nützen.«

Wir tranken. Der Weißwein war kalt und köstlich.

»Wie war die Fahrt?«, fragte Martin.

»Sehr gut«, sagte ich. »Wie war's im Tunnel?«

»Kuschelig«, sagte Martin.

Dann schwiegen wir. Er schenkte sich nach. Er schwitzte immer noch. Er sah blass aus, wie immer. Ich kannte ihn, seit ich ein Jahr alt war. Er hatte mich überredet zur Polizei zu gehen. Manchmal war ich ihm dankbar dafür.

Hinter mir waren Schritte zu hören. Ich drehte mich

um. Ein schwarzes Schwein schleppte sich über den Kies.

»Das ist Erna«, sagte Martin.

Er schenkte gerade mein Glas voll, da kam Sonja Feyerabend in den Garten, einen Bastkorb in der Hand, einen Strohhut auf dem Kopf.

»Warum sind Sie schon da?«, fragte sie und gab mir die Hand.

»Vielleicht war der Zug zu schnell«, sagte ich.

»Wir haben Sie erst in einer halben Stunde erwartet.« Sie sah auf die Uhr.

»Wie spät?«, fragte Martin.

»Halb drei«, sagte Sonja.

»Komisch«, sagte Martin. »Zur Abwechslung keine Verspätung, sondern eine Verfrühung. Willst du ein Glas?« Er duzte Sonja, weil er alle Kollegen und Kolleginnen duzte.

»Nein«, sagte sie. »Wenn das so ist, dann leg ich mich hin. Ich war in Palmanova und hab ein paar Sachen gekauft. Essen wir heut Abend zusammen?«

»Unbedingt«, sagte ich.

Sie ging durch das Tor zum Gästehaus.

»Ich hab sie noch nie in einem Rock gesehen«, sagte Martin.

Im Dienst trug Sonja Feyerabend meist Bluejeans und Pullover, beim Einsatz gelegentlich eine schwarze Schirmmütze aus Leder. Sie war etwas jünger als Martin und ich, einundvierzig, und eher unscheinbar, hohe Stirn, leichte Stupsnase, braune halblange Haare. Und sie hatte grüne Augen wie ich. Eine Zeitlang hatte sie mit dem Leiter unseres Dezernats zusammengelebt, die Beziehung scheiterte in einem Urlaub. »Verreisen bringt Verdruss«, hatte Martin gesagt, der noch seltener als ich die Stadt verließ. Allerdings sammelte er Reiseprospekte, Stadtpläne und dergleichen und verschlang die Berichte über fremde Länder und Menschen wie andere Leute Romane.

»Wir haben gestern eine kleine Trattoria entdeckt, nicht weit von hier«, sagte er. »Die wird dir gefallen.«

»Hast du schon eine Spur zu unserem Italiener?«, fragte ich.

»Nein«, sagte er. »Aber ich hab jemand getroffen, der unseren Italiener kennt.«

»Wen?«, fragte ich.

»Signor Fadini, den Verwalter unseres Hotels.«

2

Er bestand darauf, woanders mit uns zu sprechen.

»Warum?«, fragte Martin.

»Herr Hefele kommt bald zurück«, sagte Luigi Fadini. »Dann besprechen wir das Abendessen und andere Dinge.«

Wie ich erfuhr, kochte Roderich Hefele ab und zu für seine Gäste, Fadini und zwei Frauen halfen in der Küche, wobei Fadini hauptsächlich für die Getränke, den Wein und den Grappa, zuständig war.

Er schlug eine kleine Bar im Nachbarort vor.

»Wir können doch zu Walter hinübergehen«, sagte Martin. So hieß der Inhaber der Bar, in der ich gewesen war. Martin hatte sich am Vorabend mit ihm angefreundet, das hieß, ich vermutete, er hatte so viele Averna bestellt, bis die beiden zwangsläufig in ein Gespräch geraten waren, in welcher Sprache auch immer. Martin sprach genauso schlecht Italienisch wie ich.

»Nein«, sagte Fadini. »Herr Hefele ist kein Freund von Signor Walter.«

»Warum nicht?«, fragte ich.

»Scusi?«

Also liehen wir uns Sonjas Lancia aus. Martin fuhr, Fadini saß neben ihm, ich auf dem Rücksitz. Wenn man mit Martin Heuer Auto fuhr, dehnte sich die Zeit. Schneller als mit achtzig Stundenkilometern war er nie unterwegs, aufrecht, fast senkrecht saß er da, beide Hände am Lenkrad, reglos, wahrscheinlich hochkonzentriert, wie jemand, der in dichtem Schneetreiben oder durch eine ihm absolut fremde dunkle Gegend fährt. »Bei mir bist du so sicher wie in Abrahams Schoß«, pflegte er zu sagen. Worauf ich zu sagen pflegte: »War Abraham nicht der, der um ein Haar seinen Sohn geschlachtet hätte?«

Auf der sanft mäandernden Straße fuhren wir an grünen Weiden und Wiesen vorüber, am Friedhof, am Pappelwald, beides hatte ich vom Bahnhof aus gesehen, an zwei verlassen wirkenden Gehöften, an Steinhäusern aus vergangener Zeit. Im Westen zogen Wolken auf, ein leichter Wind wischte über das Land. Aber als wir aus dem Auto stiegen, war die Luft so heiß und schwer wie zuvor.

Fadini und der Wirt der Bar, die direkt an einer Straßenkreuzung lag, begrüßten sich mit Handschlag. Im hinteren Teil befand sich das Restaurant mit gedeckten Tischen. Dorthin setzten wir uns, nachdem Fadini seinen Freund darum gebeten hatte.

Der Wirt stellte eine Flasche Wasser, Gläser und für Fadini einen Espresso auf den Tisch. Er sagte etwas, das wir nicht verstanden, und ging in den Schankraum zurück. Fadini tat, als habe er nicht zugehört.

»Sie kennen Signora Roos?«, sagte ich. Es war ein Überfall. Ich hatte plötzlich den Verdacht, wir würden verlieren, wenn wir zu behutsam vorgingen. Unser großer Nachteil war die mangelnde Sprachkenntnis, und wir rechneten nicht damit, von den einheimischen Kollegen Unterstützung zu erhalten. Dazu war der Fall zu alt, zu kompliziert. Auch hatte ich keine Lust, mich in die Irre führen zu lassen oder im Kreis zu drehen, nur weil wir womöglich den Eindruck erweckten, wir wären freundliche, geduldige, leicht zu manipulierende Polizisten. Ich fing wieder an unangenehm zu schwitzen. Und ich mochte die Blicke nicht, die sich Fadini und der Wirt zugeworfen hatten. Und ich war abgespannt von der langen Fahrt. Und ich wollte den Fall zu Ende bringen. Genau genommen beschäftigte uns die Vermissung der Soraya Roos seit knapp zehn Jahren, und es gab niemanden in der Abteilung, der nicht glaubte, die Frau sei einem Verbrechen zum Opfer gefallen. Auch ich hatte lange kaum Zweifel an dieser Annahme, bis ich ihrem Vater begegnet war und die Sache eine völlig neue Wendung nahm.

Deshalb waren wir hier. Zehn Jahre nach dem Verschwinden der damals einundvierzigjährigen Frau. Neue Spuren waren aufgetaucht, sie deuteten weder direkt darauf hin, dass Soraya lebte noch dass sie tot war, sie waren nur neu und hatten unseren Blick auf das kleine friulische Dorf gelenkt, von dem in den Akten bis dahin nie die Rede gewesen war. Und Ausgangspunkt war die Leiche eines Mannes, den Angestellte einer Brauerei vor eineinhalb Monaten in einem leerstehenden Gasthaus entdeckt hatten.

»Sie haben mir gesagt, Sie kennen sie«, sagte Martin.

Fadini hatte auf meine Frage mit einem entschiedenen »*No!*« geantwortet.

»Das war ein Missverständnis«, sagte Fadini.

»Warum sitzen wir dann hier?«, fragte ich.

»Ich wollte nicht, dass Herr Hefele zurückkommt und ich rede mit der Polizei«, sagte Fadini. »Ich rede mit Ihnen, ja, aber nicht, weil ich etwas … weil ich mit Ihnen etwas zu tun habe, verstehen Sie? Ich habe nicht gesagt, ich kenne Signora Roos, ich habe gesagt, ich habe den Namen gehört. Signora Roos. Viele können so heißen.«

»Ja«, sagte ich.

»Frau Roos wurde als vermisst gemeldet«, sagte Martin. »Und wir haben Hinweise, dass sie sich in Tissano aufhalten soll. Gibt es ein zweites Tissano in Italien?«

»Ich weiß nicht.«

»Stammen Sie aus dieser Gegend?«

»Milano«, sagte Fadini. »Meine Frau lebt in Udine. Wegen ihr bin ich hergekommen.«

»Haben Sie Kinder?«, fragte Martin.

»*No.* Wir sind geschieden. Ich werde zurückgehen nach Milano. Ich habe ein Angebot für ein Hotel.«

»Wie lange wohnen Sie schon in der Casa Hefele?«, fragte ich.

»Drei Jahre. Drei Jahre.« Er schlug mit dem Löffel gegen die leere Kaffeetasse.

»Woher kennen Sie den Namen Soraya Roos?«, fragte ich.

Der Wirt kam herein. Fadini bestellte ein Glas Wein. »Möchten Sie auch?«

»Nein«, sagte Martin.

»Nein«, sagte ich.

Der Wirt zögerte einen Moment, bevor er wieder ging.

»Woher kennen Sie den Namen?«, wiederholte ich.

»Ich weiß nicht mehr«, sagte Fadini.

»Sie kennen den Namen von Signor Aroppa«, sagte Martin.

Bis der Wirt das Glas Rotwein brachte und mit einem

Blick auf seinen Freund den Raum verließ, sagte Fadini kein Wort.

»*Sì*«, sagte er dann. »Von Signor Aroppa.«

Er trank und sah auf die Uhr. »Das ist alles, Signori, Sie suchen diese Frau, ich kenne sie nicht, ich habe einen Namen gehört, das ist alles. Ich habe Signor Aroppa schon lang nicht mehr gesehen, ich weiß nicht, ob er noch lebt.«

»Aber Sie haben sich gestern Abend an den Namen Roos erinnert«, sagte Martin.

»Ich habe es mir eingebildet.« Fadini lächelte. Es war ein gequältes, schlecht einstudiertes Lächeln.

»Das glaube ich nicht«, sagte Martin.

Ich sagte: »Wohnt Signor Aroppa in Tissano?«

»Er war ein Gast, er kam, um ein Glas mit Signor Hefele zu trinken. Ich habe nicht oft mit ihm gesprochen. Er ist Architekt, Signor Hefele ist auch Architekt, sie haben sich über Gebäude unterhalten. Ich verstehe nichts davon. Wir müssen gehen, ich muss das Abendessen vorbereiten.«

Sein Glas hatte er nicht einmal zur Hälfte ausgetrunken.

»Vielleicht weiß Herr Hefele, wo wir Signor Aroppa finden«, sagte ich.

Fadini zuckte mit der Schulter und stand auf.

Als wir an der Theke bezahlen wollten, winkte der Wirt ab, ohne ein Wort an uns zu richten. Stattdessen begann er, wenn ich es nicht falsch interpretierte, in friulischem Dialekt auf Fadini einzureden, und dieser vermittelte wieder den Eindruck, als würde er nicht zuhören.

Er blickte zur Tür, an uns vorbei, wie gelangweilt. Nach etwa einer Minute beendete der Wirt seinen Monolog und wandte sich der Frau zu, die aus der Küche gekommen war. Grußlos verließ Fadini die Bar.

»Probleme?«, fragte Martin auf dem Weg zum Auto.

»Ja«, sagte Fadini. »Er hat Sorgen wegen hormonverseuchter Lebensmittel aus anderen Ländern in der EU, die nach Italien importiert werden.«

Schlagfertige Lügner waren mir die liebsten.

In den folgenden Tagen führten wir einige Gespräche mit Menschen, denen wir jedes Mal nach wenigen Minuten unterstellten, sie würden keine ehrlichen Antworten geben. Das war nicht ungewöhnlich für uns, fast jeder, mit dem wir in einer Vermisstensache Umgang hatten, belog uns, das war eine Art Naturgesetz. Entweder sie hatten Schuldgefühle, weil ein naher Verwandter oder Bekannter von einem Tag auf den anderen verschwunden war, oder sie waren auf die eine oder andere Weise tatsächlich dafür verantwortlich, oder sie wussten etwas und versuchten dem Verschwundenen ein Alibi zu geben. Unsere Aufgabe war es, jede einzelne Tür in diesem Lügengebäude zu öffnen und einen Blick in jedes Zimmer zu werfen. Das erforderte Geduld, Nachsichtigkeit und kriminalistische Präzision – und gelegentlich ein gewisses Maß an Tauchsiederqualitäten.

Damit bezeichnete ich die Methode, Leute aufzuheizen. Manchmal mit Fakten, manchmal durch Provokation.

Eine Weile dachte ich, Roderich Hefele würde die

Hunde auf mich hetzen, alle drei gleichzeitig. »Ich hab Sie net eingelade!«, brüllte er auf Schwäbisch. »Sie unterstelle, ich bin in kriminelle Machenschafte involviert! Noch so eine Bemerkung und ich ruf meinen Rechtsanwalt an, und der setzt sich mit Ihrem Vorgesetzten in Verbindung! Ja?«

Ich riss ein Blatt von meinem kleinen karierten Spiralblock ab, auf dem ich Aussagen von Zeugen und andere Informationen notierte, und schrieb eine Telefonnummer darauf.

»Das ist die direkte Durchwahl im Dezernat 11.« Ich schob ihm den Zettel über den Tisch. Wir saßen im Garten, flankiert von Mr Dober und dem schwarzen undefinierbaren Mischling namens Jo.

»Ich hab Gäschte«, sagte Hefele laut. »Ich bau hier ein Hotel auf, ein kleines exquisites Hotel mit eigenem Weinkeller, ich inveschtier eine Menge Geld, und da kommen Sie daher und graben eine alte Geschichte aus. Wie lang isch die Frau verschwunden? Zehn Jahre? Und jetzt wollen Sie die finden? Ja, wie denn? Wo denn? Hier bei mir?«

»Vielleicht«, sagte ich. In mein Schweigen hinein krächzte ein Kakadu in einer der Volieren. »Sie sind mit Severino Aroppa befreundet«, sagte ich.

Hefele hatte sich zur Seite gedreht und die Beine übereinandergeschlagen. Er war Anfang vierzig, schlank, braun gebrannt und trug verschmutzte Shorts, ein ausgebleichtes Sweatshirt und Mokassins. Ich sprach allein mit ihm, Martin schlenderte durchs Dorf in der Hoffnung, mit jemandem ins Gespräch zu kommen wie ein Tourist, der belanglose Fragen stellt.

»Wo finden wir Severino Aroppa?«

Meine Frage verdampfte in der Atmosphäre.

»Ich werde Ihre Gäste befragen«, sagte ich. »Wir ermitteln nicht nur in einem Vermisstenfall, sondern auch in einem ungeklärten Todesfall, Ihre Gäste werden Verständnis für unsere Fragen haben.«

»Das werden sie nicht«, brüllte Hefele und sprang auf. Mit einem Satz war Mr Dober auf den Beinen und hob die Schnauze. Der Mischling blieb im Kies liegen. »Ich erlaube Ihnen nicht, mit meinen Gästen zu sprechen! Wenn Sie sich widersetzen, alarmiere ich die örtliche Polizei, ich kenne den Leiter, der isch öfter zu Gast bei mir. Sie haben hier keine Befugnis! Und jetzt muss ich mich um die Paschta kümmern!«

Er wandte sich zum Gehen.

»Wo finden wir Severino Aroppa?«, fragte ich, vermutlich zum fünften Mal.

Ein paar Hühner kamen aus dem ehemaligen Pferdestall. Hefele ging auf sie zu und wedelte mit dem Arm, um sie auf die Wiese zu scheuchen, was enorm misslang. Dafür erhob sich der Dritte im Hundbund, die weiße Birba, und lief zu den Hühnern. Diese gackerten aufgeregt und rannten, so schnell sie konnten, davon. Birba wedelte mit dem Schwanz, Hefele streichelte ihr den Kopf. Jetzt tauchte auch noch das schwarze Hängebauchschwein unter einem Gebüsch auf, während Mr Dober wieder in den Kies sackte.

»Das ist sehr gut, wenn Sie Ihren Freund bei der Polizei alarmieren«, sagte ich. »Am besten gleich, bevor Sie anfangen zu kochen.«

Roderich Hefele stemmte die Hände in die Hüften. »Ich hab Herrn Aroppa seit Monaten nicht mehr gesehen«, sagte er. »Das hab ich Ihnen am Anfang unseres Gesprächs deutlich gesagt. Ich weiß nicht, wo er isch. Ja?«

»Aber Sie wissen, wo er wohnt.«

»Nein.«

»Rufen Sie Ihren Freund bei der Polizei an.«

»Ich weiß es nicht. Er kam öftersch her, wir redeten über unseren Beruf, wir tranken ein Viertele, ich hab ihn nicht gefragt, wo er wohnt, und er hat es mir nicht gesagt. Ich frag die Leut nicht aus, im Gegensatz zu Ihnen.«

Ich machte mir Notizen. Hefele sah mir zu.

»Haben Sie sich nicht erkundigt, warum er nicht mehr kommt?«

»Ich war nicht oft hier in letschter Zeit, ich hatte in Stuttgart zu tun. Meine Frau war krank, wir konnten nicht reisen. Mein Verwalter hat alles hier erledigt. Ich hatte keine Zeit, an einen Herrn Aroppa zu denken. Natürlich hab ich Luigi gefragt, ob er was von ihm gehört hätt, hat er aber nicht. Das hat er Ihnen bestimmt selber schon gesagt. Und jetzt tauchen Sie hier auf und machen einen Mordswirbel, das muss doch net sein.«

»Doch.«

»Mein Haus hat mit Ihrem Fall nix zu tun«, sagte er. »Nicht das Geringschte. Sie können hier wohnen, Sie bezahlen wie alle anderen Gäschte, Sie können mit uns essen, wenn Sie möchten, und ansonschten lassen Sie uns bitte in Ruhe. Ja?«

Ich holte eine Flasche Wasser aus dem Kühlschrank, ging in mein Zimmer und legte mich auf die Couch. Durch das offene Fenster drang Hundegebell herein, ab und zu fuhr ein Auto. Die Trägheit des Nachmittags sickerte auch in mich.

Falls es stimmte, was Roderich Hefele erzählt hatte – und im Moment zweifelte ich daran –, blieb uns nur noch eine Chance, eine Spur zu Severino Aroppa und vielleicht zu Soraya Roos zu finden: über den Verwalter Luigi Fadini. Und der würde freiwillig nichts preisgeben. Wie sollten wir ihn dazu zwingen? Tauchsiedermethoden würden bei ihm nichts nützen. In unseren Unterlagen kam sein Name nicht vor, bis jetzt hatte er mit dem Fall nichts zu tun, abgesehen davon, dass er von Soraya Roos gehört hatte und Severino Aroppa kannte, dessen Name ebenfalls in den Akten nicht auftauchte. Darüber hinaus hatten wir Glück gehabt. Auf die Casa Hefele hatte uns eine Freundin von Sonja Feyerabend aufmerksam gemacht, die im vergangenen Jahr dort ihren Urlaub verbracht hatte. Als wir unsere Zimmer bestellten, ahnten wir nicht, dass es eine Verbindung zwischen dem Besitzer des Hotels, dem Verwalter und dem ominösen Severino Aroppa gab. Andererseits war dies in einem so kleinen Dorf auch nicht gerade unwahrscheinlich.

Bei allem Glück: Die Verbindung war dünn. Es hatte keinen Zweck, sich etwas vorzumachen, wir waren mehr aus Pflichtgefühl nach Tissano gekommen als aus Überzeugung. Ich hatte Sorayas Vater versprochen, mich noch einmal auf die Suche nach seiner Tochter zu begeben. Er hatte geweint. Das Verschwinden seiner Tochter hatte sein Leben zerrüttet, seine Frau war an einem Herzinfarkt gestorben, und er selbst litt, meiner Einschätzung nach, an schweren Depressionen, die er sich weigerte behandeln zu lassen. Er hauste in seinem Leben wie in einem Verlies, und da war niemand, der ihn befreien konnte. Niemand außer Soraya.

Ich hoffte, Martin habe bei seinem Rundgang durch den Ort irgendetwas erfahren.

»Nichts«, sagte er, als wir uns zum Abendessen auf der Terrasse einer Trattoria trafen, die an der Straße nach Udine lang. Wir tranken friulischen Sauvignon, der schmeckte wie gekeltertes Abendrot. Dazu aßen wir Gemüsevorspeisen und anschließend Tagliatelle mit Ragout. An den anderen Tischen saßen Italiener, kein einziger Tourist.

»Die meisten Leute haben mich nicht verstanden«, sagte Martin. »Einige sprachen etwas Deutsch, aber die hatten von einer Soraya Roos noch nie gehört.«

»Und Severino Aroppa?«, fragte ich.

»Keine Reaktion.«

»Das ist unglaubwürdig«, sagte Sonja Feyerabend, deren Gesicht ein wenig gerötet war. Sie hatte den Tag in den Hügeln verbracht und war mit dem Auto bis an die slowenische Grenze gefahren.

»Wir werden warten müssen«, sagte ich.

»Oder wir schalten doch die Kollegen hier ein.«

»Noch nicht.«

»Euer Arbeitstag ist beendet«, sagte Sonja. »Ich will jetzt nichts mehr hören.«

Sie schwieg, und wir hörten den Grillen zu und den

Gästen. Zur Nachspeise aßen wir Käse und tranken eine dritte Karaffe Wein. Die Sonne war untergegangen, und ein leichter Wind wehte. Wenn ich die Augen schloss, stellte ich mir vor, dass auf der anderen Seite der Straße die Ewigkeit begann.

»Lass uns bei Walter noch einen Averna trinken«, sagte Martin, nachdem wir bezahlt hatten. Das taten wir. Heute frage ich mich, ob wir unsere Ermittlungen womöglich erfolglos abgebrochen hätten, wenn wir in jener Nacht nicht zu einem Absacker in der Bar gegenüber der Casa Hefele eingekehrt wären.

An einem Tisch in der Gaststube saßen wie bei meinem ersten Besuch drei alte Männer und spielten Karten. Es waren dieselben Männer. Als ich zur Toilette ging, sagte einer der drei etwas auf Italienisch, und das Einzige, was ich verstand, war der Name dessen, den er ansprach: Severino.

Natürlich war es kein seltener Name, aber ich war mir sofort sicher, dass dies der Mann war, den wir suchten. Intuition. Die größte Kraft eines Kriminalisten. Zeit meines Berufslebens konnte ich mich auf sie verlassen. Auch in Tissano.

Mein erstes Gespräch mit Severino Aroppa fand zwei Tage nach meiner Ankunft statt. Und es dauerte zwei weitere Tage, bis er bereit war, uns seine Geschichte zu erzählen. Und er hatte sie genau bis zu einem Punkt erzählt, an dem es wieder einmal um Soraya Roos ging, als das Blutbad begann.

»*Una notte apocalittica*«, sagte er und bekreuzigte sich.

3

Sechs Wochen vor der Blutnacht von Tissano, am Abend des dreißigsten April, saßen Martin Heuer und ich in der Gaststätte Fraunhofer und sprachen mit einem Mann, der abgöttisch betrunken war. Normalerweise führten wir keine Vernehmungen in Kneipen durch. In diesem Fall mussten wir eine Ausnahme machen, weil wir nicht warten wollten, bis der Mann wieder nüchtern war – falls er das überhaupt je war –, und wir die Informationen so schnell wie möglich benötigten. Ihn im Auto in unser Dezernat zu schaffen, zogen wir nicht einmal in Erwägung.

Außerdem planten wir nach der Vernehmung noch eine Weile sitzen zu bleiben.

Der Mann hieß Ewald Sturm, er war achtunddreißig Jahre alt und lange Zeit Kellner im ehemaligen Bärenwirt in Mittersendling gewesen. Das Lokal hatte vor fünf Jahren zugemacht, seitdem verfiel das kleine Haus in der Hinterbärenbadstraße. Die Brauerei kümmerte sich nicht darum, sie war die Eigentümerin und hatte offenbar keine Verwendung dafür. Irgendwann wurden die Fenster, deren Scheiben im Lauf der Zeit zu Bruch gingen, mit Brettern vernagelt, sonst passierte nichts. Bis zum Morgen dieses Tages. Da erschienen zwei Vertreter der Brauerei, um die Kneipe oder das, was von ihr übrig geblieben war, zu inspizieren. Die Immobilie, so erzählten sie später meinen Kollegen, sollte verkauft und in ein Wohnhaus umgewandelt werden.

Beim Öffnen der Tür schlug den beiden Männern ein penetranter Geruch entgegen. Sie stiegen über Glasscherben und Dreck hinweg und bemerkten im Halbdunkel eine Gestalt, die reglos auf dem Boden lag. Es handelte sich um die Leiche eines Mannes, die erbärmlich stank. Nach ersten Untersuchungen hielt der Pathologe es für möglich, dass der Mann, den er auf Mitte sechzig schätzte, verhungert war. In einem alten, zerrissenen Rucksack fanden meine Kollegen vom Kommissariat Todesermittlung ein paar Zettel, Konserven mit abgelaufenem Verfallsdatum, ein Schweizer Messer, halb verrostet, und das vergilbte, zerknitterte Foto einer Frau, deren Gesicht nicht mehr zu erkennen war. Einen Ausweis entdeckten sie nicht, also handelte es sich vorerst um einen unbekannten Toten, und dafür waren wir von der Vermisstenstelle zuständig.

Auf einem der Zettel stand der Name »Sturm, Ewald«. Dessen Nachbarin erklärte uns, wir würden ihn im Fraunhofer finden, dort sei er zu Hause, nachts. Tagsüber schlafe er oder höre laut Musik.

»Was für Musik?«, fragte Martin.

»Mozart«, sagte die Nachbarin. »Mozart ohne Ende. Nichts gegen Mozart. Aber wenn Sie den jeden Tag hören, schnappen Sie über, das ist unvermeidlich.«

Ich sagte: »Warum?«

Damit war die Unterhaltung beendet.

»Grüß Gott«, sagte Martin zum dritten Mal.

Der Mann starrte ihn an. Sein Zuhause war der dritte Tisch an der Fensterfront, er saß direkt vor dem Fenster, als schaue er gern hinaus. Aber er schaute nicht hinaus.

Es kam mir vor, als würde sein Blick, unmittelbar nachdem er die Augen verließ, in sich zusammensacken.

»Mein Name ist Tabor Süden«, sagte ich und hielt ihm meinen blauen Ausweis hin. Einige Gäste, es waren vor allem Studenten, beobachteten uns. Wir bestellten zwei Helle. Sturm trank Cola mit gefährlichen Zusatzstoffen.

Als wir ein Foto der Leiche auf den Tisch legten, trank er sein Glas in einem Zug aus und betrachtete lange das Bild, ohne es in die Hand zu nehmen.

»Wer ist das?«, fragte ich.

Nach einer gewissen Weile sagte Sturm: »Das ist der Franz.«

»Und wie noch?«, fragte Martin.

»Der Franz«, sagte Sturm und bekam unaufgefordert ein neues volles Glas.

»Das ist aber das Letzte«, sagte die Bedienung.

»Freilich«, sagte Sturm.

»Hat er was angestellt?«, fragte die junge Frau.

»Nein«, sagte ich.

»Ich weiß auch nicht, warum der Wolfi so viel sauft«, sagte sie.

»Welcher Wolfi?«, sagte Martin.

»Er da.«

»Sein Name ist Wolfi?«, sagte ich.

»Ja.«

»Nicht Ewald?«

»Ewald? Dann müsst er ja Waldi heißen.«

»Das stimmt«, sagte Martin.

»Wolfi?«, sagte ich. Er sah mich aus scheiternden Augen an. »Der Mann auf dem Foto, kennst du den?«

»Der Franz«, sagte er. »Der Franz war Gast, Stammgast.« Er trank und holte tief Luft. Dann kratzte er sich unter den Achseln und zeigte auf die grüne Zigarettenschachtel, die vor Martin auf dem Tisch lag. »Kann ich eine haben, bittschön?«

Martin schob ihm die Packung und die Streichhölzer hin. Sturm zündete sich eine Zigarette an, und der Rauch verschwand unwiederbringlich in seiner Lunge.

»Wo hast du gearbeitet, Wolfi?«, fragte ich.

»Überall.«

»Im Bärenwirt auch.«

»Ja«, sagte er und trank das schwarze Grauen.

»Wie lang?«

»Bis der Charly zugemacht hat.«

Karl Brick war der letzte Wirt der Gaststätte. Meine Kollegin Freya Epp hatte ihm ein Foto des Toten gezeigt.

»Der Wirt sagt, er kennt den Franz nicht«, sagte Martin.

»Kann schon sein.«

»Wie kann das sein?«, fragte ich.

»Dem waren doch die Gäste wurscht.«

»Wie hat der Franz mit Familiennamen geheißen?«, fragte ich.

Sturm drückte die Zigarette aus. Er wusste es nicht. Wahrscheinlich nannte er sich wegen Mozart Wolfi. Hätte er Bach verehrt, hätte er sich vielleicht Wastl nennen lassen. Oder Hansi.

»Wolfi«, sagte ich.

»Ja?« Erwartungsfroh drehte er den Kopf zu mir.

Ich sagte: »Franz reicht uns nicht. Wie lang hast du im Bärenwirt gearbeitet, Wolfi?«

»Lang.«

»Wie lang?«

»Lang halt.«

»Bist du gelernter Kellner?«

»Ich bin ein Naturtalent.«

»Hast du den Franz auch in den anderen Kneipen bedient, wo du gearbeitet hast?«

»Freilich.« Er hob das leere Glas. »Lissi, bring mir noch eins.«

»Du kriegst keins mehr.«

»Eins noch.«

»Du kriegst keins mehr, reiß dich zusammen.« Lissi hatte den absoluten Krankenschwesternton.

»Dann bring mir ein Bier.«

»Aber nur eins.« Sie nahm ihm das Glas ab und schüttelte den Kopf. Bei der Gelegenheit bestellten Martin und ich zwei neue Biere.

»Wo hast du ihn noch bedient, Wolfi?«, sagte ich.

»Im Dings ...«

Zeit verstrich. Ohne zu fragen, nahm er sich eine Salem ohne und zündete sie an. »Im Dings ...«

Wir warteten. Schwester Lissi brachte die drei Biere.

»Prost!«, sagte Sturm und hob das Glas und trank sofort.

»Möge es nützen«, sagte Martin.

»Was nützt was?«, sagte Sturm und wischte sich mit dem Handrücken über den Mund. »Was nützt was? Was nützt was?«

»Ist eine Redensart«, sagte Martin.

»Echt?« Dann bemerkte Sturm die Zigarette zwischen seinen Fingern. »Tschuldigung, hab dich nicht gefragt … Ist okay? Tschuldigung …«

»Nimm dir«, sagte Martin.

»Ihr seid echt Bullen?«

»Wir sind echte Bullen«, sagte Martin.

»Vermisstenstelle«, sagte ich.

»Echt? Scheiße.«

»Warum Scheiße?«, sagte ich.

»Dann müsst ihr immer welche suchen, die weg sind.«

»Unbedingt«, sagte ich.

»Ist auch nicht einfach«, sagte Sturm.

»Wo hast du den Franz noch bedient, Wolfi?«, fragte ich.

»Im Dings … unten am Sendlinger Tor … neben dem Kino …«

»Im Lamm's«, sagte Martin.

»Genau, im Lamm's. Im Lamm's, genau.«

Martin war ein Gasthausbewohner, sein Zuhause lag verstreut über die Stadt.

»Kannst du dich erinnern, welchen Beruf der Franz hatte?«, sagte ich.

»Alles Mögliche, glaub ich, Fahrer war der, alles Mögliche …«

»Was für ein Fahrer? Taxifahrer?«, sagte Martin.

»Lkws«, sagte Sturm. »Er war bei einer Spedition, glaub ich, er ist halt gefahren, meistens …«

»Und wenn er nicht fuhr?«, sagte ich.

»Dann war er Stammgast.«

»Hatte er eine Freundin? Eine Frau?«

»Wer nicht?«, sagte Sturm.

»Kanntest du sie?«

»Ich glaub schon … Lissi!« Er schwenkte sein leeres Bierglas. Lissi betreute gerade im hinteren Teil die Gäste.

Ich zeigte ihm eine Kopie des Fotos, das wir im Rucksack des Toten gefunden hatten. »Erkennst du die?«

Er hielt sich das Bild nah vor die Augen.

»Da sieht man ja null drauf. Wer soll'n das sein?«

»Das wissen wir nicht.«

»Das Bild kannst vergessen«, sagte Sturm und warf einen Blick auf die grüne Packung. Martin klopfte eine Zigarette heraus.

»Merci«, sagte Sturm.

»Was machst du heute?«, fragte ich.

»Heut? Heut bleib ich hier. Ist okay?«

»Ich meine, was arbeitest du?«

»Freiberuflich«, sagte er und rauchte und fixierte das leere Glas. Vielleicht wünschte er, er wäre Jesus oder wenigstens David Copperfield und könnte Luft in Gerstensaft verwandeln.

»Was genau?«, sagte ich.

»Lissi! Bring mir noch eins.«

Es war nicht klar, ob sie ihn nicht gehört hatte oder nicht hören wollte. Mit einem Tablett voll leerer Gläser eilte sie an uns vorbei und spülte sie an der Theke aus.

»Ich schreib Gedichte für Leut«, sagte er.

Martin und ich staunten ein wenig vor uns hin.

»Ich inserier, dass ich denen was schreib«, sagte Sturm. »Zum Geburtstag oder zu sonst was, so Reimgedichte, die mach ich, und dafür krieg ich ein Geld, ein paar Euro, da könnt ihr mir nix anhängen, das ist der zweite Arbeitsmarkt, sonst nix, echt.«

»Was für ein zweiter Arbeitsmarkt?«, fragte Martin.

»Der private halt«, sagte Sturm.

»Arbeitest du nicht mehr als Kellner?«, fragte ich.

»Ich bin lieber selber besoffen«, sagte er.

Im Kellerrestaurant Lamm's spielte eine Band. Fast alle Tische waren besetzt. Je später es wurde, desto mehr Gäste kamen. Das Restaurant hatte bis morgens geöffnet, der ideale Treffpunkt für Schlaf- und Taglose.

»Züngerl?«, fragte Martin. Er sprach mehr zu sich selbst.

Wir saßen an einem Tisch bei der Treppe, einem für Klaustrophobiker gerade noch erträglichen Platz.

»Esterer.«

Wie hingebeamt stand plötzlich der Wirt vor uns, ein Mann Mitte fünfzig in einem dunklen Anzug mit Fliege.

»Grüß Gott«, sagte Martin.

Ich zeigte ihm meinen Ausweis.

»Vermisstenstelle hatten wir noch nie«, sagte Esterer. »Wollen S' was trinken?«

»Unbedingt.«

»Zwei Helle – und einen Averna für mich«, sagte Martin.

»Bring ich Ihnen«, sagte Esterer und ging.

Ich entschied mich für Fleischpflanzerl mit Kartoffelsalat, fünf Euro neunzig. Martin nahm das saure Züngerl mit Semmelknödel, fünf Euro sechzig. In diesem Lokal schienen die Preise nach der Währungsumstellung weniger drastisch gestiegen zu sein als in anderen Gasthäusern.

»Gedichteschreiber«, sagte Martin und zündete sich eine Zigarette an.

Der Wirt kam an den Tisch, begleitet von einer Bedienung, die auf einem Tablett die Getränke brachte. Esterer trank schwarzen Kaffee.

Wir bestellten das Essen.

»Kennen Sie diesen Mann?« Ich legte das Foto des Toten auf den Tisch. Esterer betrachtete es intensiv.

»Kann sein«, sagte er. »Kann sein. Sieht ziemlich fertig aus, eingefallen, mager …«

»Ja«, sagte ich.

»Sein Name soll Franz sein«, sagte Martin.

»Ja«, sagte Esterer. »Franz. Ja. Ja, ja. Das könnte er sein.«

»Wissen Sie seinen Nachnamen?«, fragte ich.

»Nein.«

»Erinnern Sie sich an Ihren Kellner Ewald Sturm?«

»Wolfi! Natürlich. Was ist mit dem?«

»Diese beiden«, sagte ich und zeigte auf das Foto, »kannten sich. Wir versuchen nur herauszufinden, wie der Tote hieß.«

»Geben S' doch eine Anzeige auf«, sagte Esterer. »Lassen S' das Bild in der Zeitung drucken, dann wird sich schon jemand melden.«

»Das machen wir«, sagte Martin.

»Wann hat der Wolfi bei Ihnen gearbeitet?«, fragte ich.

»Da müsst ich nachschauen, ist Jahre her, er ist dann nach Sendling in eine Wirtschaft, hab ich vergessen …«

»Bärenwirt«, sagte ich.

»Bärenwirt. Kann sein. Kann sein. Er ist nicht mehr hergekommen, der Wolfi. Wie geht's ihm?«

»Nicht besonders«, sagte Martin. Er hatte sein Bier schon ausgetrunken, und ich ahnte, er würde anschließend noch auf Tour gehen.

»Sauft er wieder recht«, sagte Esterer.

»Ja«, sagte ich.

»Der hat früher schon getrunken. Nicht in der Arbeit. Er war ein zuverlässiger Kellner, ich hab ihn gerngehabt, die Gäste mochten ihn auch. Er hat ein Gespür für die Leut gehabt, das ist gut. Er war jung, er hat ein Talent zum Bedienen gehabt, ich hätt ihn gern behalten. Gesoffen hat er nur, wenn er freigehabt hat. Ich glaub, der hat nicht gewusst, was er mit sich anfangen soll, so einer war das.«

»Hatte er eine Freundin?«, fragte ich.

»Dauernd irgendwelche«, sagte Esterer. »Er war ein Charmeur, die Damenwelt hat das geschätzt.«

Die Bedienung brachte unser Essen.

»Das Lüngerl?«

Martin hob den Finger wie ein Schüler.

»Noch ein Bier, der Herr?«

»Zwei«, sagte Martin.

»Sie auch eins?«, fragte mich die Bedienung.

Für einen Moment hatte ich es tatsächlich für möglich gehalten, dass sich Martin gleich zwei Biere bestellte.

Ich sagte: »Das zweite ist für mich.«

Die Bedienung, eine Frau um die sechzig, verzog das Gesicht, wodurch es nicht direkt freundlich wurde.

»Dieser Franz«, sagte ich. »Hatte der eine Freundin oder Frau?«

»Mahlzeit, die Herren«, sagte Esterer. »Ich kann's nicht sagen, kann sein. Kann sein. Ja, jetzt, wo Sie's erwähnen, er hatte eine, die hieß wie … wie eine Königin … Kaiserin …« Er hob die Kaffeetasse an den Mund und stellte sie wieder hin. »Soraya. Ich glaub, die hieß Soraya. Aber vielleicht täusch ich mich auch.«

Ich zog den kleinen karierten Spiralblock aus der Brusttasche meines Hemdes und notierte mir den Namen.

»Die ist aber nicht zufällig immer noch Gast bei Ihnen?« Martin blies den Löffel mit den graubraunen Lungenfetzen an.

»Schon lang nicht mehr«, sagte Esterer. »Der Franz auch nicht. Der war auf einmal weg. Weg war der. Wie der Wolfi. Als hätten die sich abgesprochen gehabt. Die Soraya …«

»Sehen Sie sich dieses Foto an«, sagte ich.

Esterer beugte sich über das verwaschene, zerknitterte Bild. »Wer soll da drauf sein?«

»Vielleicht Soraya«, sagte ich.

Er hielt das Foto unter die Lampe, die über dem Tisch hing. »Kann ich nicht sagen, das Gesicht ist ja praktisch ausgewaschen. Nein. Unmöglich. Da mach ich keine Aussage.« Er legte das Papierquadrat auf den Tisch. »Der Franz, wie ist der gestorben? Wenn Sie sagen, der ist unbekannt. Hat der keinen Ausweis dabeigehabt oder so was?«

»Nein«, sagte Martin. Von uns beiden war er der schnellere Esser. Wahrscheinlich war er der schnellste Esser im gesamten Dezernat 11. Sonja Feyerabend behauptete sogar, er wäre der schnellste Esser der gesamten Polizeidirektion Oberbayern, und dort gab es eine Menge Schnellesser, wie ich aus eigener Anschauung wusste.

»Schmeckt gut, oder?«, sagte Esterer.

»Sehr gutes Züngerl«, sagte Martin.

Die Bedienung brachte die Biere und nahm Martins leeren Teller mit.

»Sind Sie auch schon fertig?«, fragte sie mich. Auf meinem Teller lagen ein halbes Restpflanzerl und ein Batzen Kartoffelsalat, das Besteck hatte ich noch in der Hand.

»Überhaupt nicht«, sagte ich.

Sie wandte sich geradezu von mir ab. Etwas an mir schien ihr deutlich zu missfallen.

»Danke für die Hilfe«, sagte ich.

»Kein Problem«, sagte Esterer. »Trinken S' ein Schnapserl auf Kosten des Hauses? Oder ist das Bestechung?«

»Das ist keine Bestechung«, sagte ich.

»Auch wenn Sie unser Essen bezahlen würden, wär es keine Bestechung«, sagte Martin. Und weil Esterer keine Replik einfiel, ergänzte Martin: »Nur ein Scherz. Danke für die Auskünfte.«

»Bittschön.« Esterer nahm meinen Teller, den ich leer gegessen hatte, mit.

»Innereien zu Innereien«, sagte ich.

Martin zündete sich eine Zigarette an. »Glaubst du, Fleischpflanzerl sind gesünder?«

»Unbedingt«, sagte ich.

Wir brauchten beide einen Schnaps.

»Bittschön, die Herren, auf Ihr Spezielles.« Esterer hielt uns die Gläser hin.

»Möge es nützen«, sagte Martin und kippte das Zeug runter. Wie ich.

»Wenn S' noch was brauchen, ich bin hinten am Stammtisch«, sagte Esterer.

Wir blieben noch eine Viertelstunde.

Draußen war es kalt.

»Ich schau noch ein bisschen durch die Gegend«, sagte Martin.

»Ja«, sagte ich. Seine Gegend hieß Lilo, sie war sechsundfünfzig und arbeitete als Hure, halblegal, in einer Wohnung, die sie mit drei anderen Frauen gemietet hatte. Martin hatte sich in sie verliebt, und sie ließ ihn bei sich übernachten. Ich hatte sie noch nicht kennengelernt, er hatte mir nur von ihr erzählt.

Ich ging zu Fuß nach Hause, über den Fluss, den Berg hinauf bis nach Giesing, wo ich in der Deisenhofener Straße wohnte. Übermorgen würden wir definitiv wissen, ob unser Franz eines natürlichen Todes gestorben war oder ob wir es mit einem Verbrechen zu tun hatten. In diesem Fall würden die Kollegen vom Mord die Ermittlungen übernehmen. Ansonsten würden wir weiter versuchen, die Identität des Mannes zu klären, und seine Leiche würde anonym bestattet werden. Reine Routine.

4

Schon der erste Suchlauf des Vornamens in unserem Computersystem katapultierte die Ermittlungen auf eine neue, unerwartete Ebene. In unserem elektronischen Archiv existierte nur eine einzige Person mit dem Namen Soraya: Soraya Roos. Sie zählte zu der kleinen Gruppe von Langzeitvermissten, die seit vielen Jahren verschwunden waren, ohne dass wir auch nur die geringste Spur zu ihrem Aufenthaltsort gefunden hätten. In fünf Tagen, am fünften Mai, jährte sich die Vermissung von Soraya Roos zum zehnten Mal, und das bedeutete: Wir würden sie in absehbarer Zeit für tot erklären.

Für uns galt Soraya Roos nicht als vermisst, sondern als verschollen. Die Unterschiede sind graduell, aber bedeutsam, und ich war froh, dass an diesem Feiertag, dem Ersten Mai, außer mir auch Sonja Feyerabend Bereitschaftsdienst hatte und ich mit ihr den Fall besprechen konnte. Sie war eine Außenstehende, was diesen Fall betraf, da sie damals noch nicht auf der Vermisstenstelle arbeitete. Wie ich verbrachte sie einige Jahre beim Mord, bis sie eine gewisse Sehnsucht nach dem Schicksal von Lebenden verspürte. Und dann bekamen wir es mit Menschen zu tun, die, zumindest in ihren eigenen Augen, ein verkehrtes Leben führten und alles daransetzten, ihre alte Realität gegen eine neue einzutauschen. Nur selten hatte jemand damit Erfolg, die meisten kehrten in ihre Zimmer zurück, aus denen sie so hartnäckig ausbrechen wollten. Manche Verschwundenen kehrten nicht zurück. Weil sie ermordet worden waren oder Selbstmord begangen hatten. Und einige, sehr wenige, blieben für immer unauffindbar. Entweder fanden wir ihre Leichen nicht, oder ihr Versteck war perfekt, und es war ihnen tatsächlich gelungen, sich eine neue Realität überzustreifen wie eine Tarnkappe.

»Ist schon angenehmer«, sagte Sonja Feyerabend, als sie zu uns ins Kommissariat 114 wechselte, »nicht jeden Morgen die Fotos schrecklicher Leichen anschauen zu müssen.« Ich dagegen fand, dass menschenleere Zimmer ein nicht minder schrecklicher Anblick sein konnten. »Sie nehmen das zu persönlich«, sagte sie ein paar Mal zu mir. Und ich: »Ich bin ein persönlicher Polizist.« Dann lächelten wir uns an, und später, als wir eine gewisse Nähe teilten, sagte sie gelegentlich: »Langsam versteh ich dich, ich wusste ja nicht, dass dein eigener Vater verschwunden ist.«

Das stimmte. Aber er war seit achtundzwanzig Jahren verschwunden, und ich vermisste ihn nicht. Jedenfalls bildete ich mir das ein. Und wenn man es genau nahm, wurde mein Vater nicht vermisst, er war verschollen.

Nach den Regeln unserer Dienstvorschrift galt jeder als vermisst, der verschollen war, aber nicht jeder, der vermisst wurde, als verschollen.

»So richtig hab ich das nie verstanden«, sagte Sonja Feyerabend. Sie hatte ihren Flugtee zubereitet und mir eine Tasse davon abgegeben. Ich trank den Tee mit Milch, was sie verabscheute. »Ich muss jedes Mal die PDV rausholen und nachschlagen. Wieso haben wir Soraya Roos als verschollen registriert und nicht als eine ganz normale Vermisste?«

»Ihr Aufenthalt ist unbekannt«, sagte ich. »Und zwar über einen extrem langen Zeitraum.«

»Na und?«, sagte Sonja. Es ärgerte sie, dass sie den Unterschied nicht begriff, und noch mehr ärgerte sie, dass ich ihn ihr nicht in drei einfachen Sätzen erklären konnte. Und am meisten ärgerte sie, dass sie an einem Feiertag Dienst hatte. Auch wenn sie wie die meisten Kollegen keine Familie hatte und allein lebte, legte sie nicht den geringsten Wert auf Überstunden und Sonderdienste. Sie war einer der wenigen Menschen, die ich kannte, vielleicht der einzige, der etwas mit sich anzufangen wusste, wenn er allein war, und sein Alleinsein nicht nur notgedrungen und mehr oder weniger ratlos verwaltete.

»Wir haben keine Nachricht von ihr«, sagte ich. »Wir wissen nicht, ob sie tot ist oder noch lebt.«

»Aber wenn ich die Berichte hier richtig verstehe, sind Sie davon ausgegangen, dass ihr was zugestoßen ist.«

»Am Anfang«, sagte ich. »Und ich glaube auch nicht, dass sie noch lebt.«

»Warum nicht?«

»Sie hätte sich gemeldet.«

»Warum?«

»Sie hatte ein enges Verhältnis zu ihren Eltern.«

»Ha!«, stieß Sonja hervor und trank und sah mich über den Tassenrand hinweg an.

»Sie meinen, die Eltern haben mich angelogen?«, sagte ich.

»Lügen sie nicht alle?«

»Die Eltern haben nicht gelogen«, sagte ich. »Die Mutter ist gestorben und …«

»Das steht hier«, sagte Sonja und raschelte ungeduldig mit den Papieren.

»Bei einem Vermissten spielt es keine Rolle, ob wir annehmen, dass er noch lebt«, sagte ich.

Sonja stellte die Tasse ab und dachte nach.

»Wenn wir befürchten, es könnte ihm etwas zugestoßen sein oder zustoßen, ist er für uns ein Vermisster.«

»Und wenn wir annehmen, er ist tot, gilt er als verschollen«, sagte Sonja.

»Im weitesten Sinn.«

»Bitte?«

»Spätestens wenn eine offizielle Todeserklärung vorliegt und wir die Leiche bis dahin nicht gefunden haben, gilt er als verschollen«, sagte ich.

Sie schwieg.

»Haben Sie schon mit der Bundesversicherungsanstalt gesprochen?«, fragte sie.

»Ja. Steht das nicht in den Akten?«

Sie klappte den Ordner zu.

»Soraya hat keinen Antrag auf Rente gestellt«, sagte ich.

»Wenn sie eine enge Beziehung zu ihren Eltern hatte«, sagte Sonja und stand auf, um sich frischen Tee aus der Kanne zu holen, die sie neben den Ausguss gestellt hatte, »und wenn sie nicht Opfer eines Verbrechens wurde, dann ist sie eine Langzeitvermisste und sonst nichts.«

»Ja«, sagte ich. »So steht es in den Akten. Aber wenn wir ehrlich sind, müssen wir sie als Verschollene bezeichnen. Und das hätten wir nach Ablauf der zehn Jahre am fünften Mai auch getan, auch gegenüber ihrem Vater. Wir hätten sie für tot erklärt.«

»Was wir jetzt nicht mehr tun.«

»Ich weiß noch nicht«, sagte ich.

Das Telefon klingelte. Dr. Ekhorn war dran, der Pathologe.

»Guten Morgen«, sagte ich.

»Ihnen auch. Viel los?«

»Nichts«, sagte ich.

»Da haben Sie Glück. Ich hab drei Leichen reingekriegt, einen Mann, der erschossen wurde, eigentlich mehr hingerichtet, Ihre Kollegen sind noch etwas unschlüssig, was genau passiert ist. Dann einen, der betrunken aus dem fünften Stock seiner Wohnung gestürzt und dummerweise auf ein Stahlgerüst gekracht ist mit der Folge, dass er jetzt ungefähr so aussieht wie Arnold Schwarzenegger am Schluss von *Terminator II*. Und dann noch eine Frau, die unglückseligerweise auf einem Parkplatz ihrem Ex-Freund in die Arme gelaufen ist, ich erspar Ihnen die Beschreibung, wie sie jetzt aussieht. Gestorben ist sie übrigens an Herzschlag ... Wenn sie vorher weniger Drogen genommen hätte ... Auf alle Fälle hab ich mir zur Entspannung Ihren Mann aus der Bruchbude vorgenommen.«

»Das ist nett«, sagte ich.

»Was ich vermutet hab, der Mann ist verhungert, Herzgewicht unter zweihundert Gramm, massiver Schwund von Gewebe und Muskulatur. Tod durch eitrige Entzündung der Lunge. Er hat eine Haut wie Papier, sieht aus wie achtzig, aber ich schätz ihn auf Anfang bis Mitte sechzig. Hab auch ein paar Fliegenmaden entdeckt.«

»Wie lang ist er tot?«, fragte ich.

»Drei bis fünf Monate. Über den Winter hat sich die Leiche ganz ordentlich erhalten. Ich schreib morgen alles zusammen, ist das in Ordnung?«

»Danke, Herr Doktor. Schönen Tag.«

»Den werd ich haben, wenn ich mich hier so umseh«, sagte Silvester Ekhorn und legte auf.

Drei bis fünf Monate. Ich war mir sicher, dass wir in diesem Zeitraum keine Vermissung bearbeitet hatten, bei der die Beschreibung auf den Toten passte. Trotzdem gab ich die neuen Informationen, so vage sie auch waren, ins INPOL-System und glich sie mit den vorhandenen Daten ab. Keine Übereinstimmungen. Der Mann aus der Bruchbude, wie Dr. Ekhorn ihn genannt hatte, war nicht als vermisst gemeldet worden. Anschließend las ich noch einmal jede Seite der Akte Soraya Roos, seit mindestens sechs Jahren hatte ich keinen Blick mehr hineingeworfen, wozu auch? Nirgends ein Hinweis auf einen Franz oder eine Person mit einem ähnlich klingenden Namen.

Dann hatte Sonja eine verblüffende Idee.

»Geben Sie den Namen der Frau noch mal bei INPOL ein, vielleicht sind neue Daten aufgetaucht, die Sie noch nicht abgerufen haben.«

Diese naheliegende Möglichkeit hatte ich völlig außer Acht gelassen. Doch ich wurde nicht fündig. Alles, was das System auflistete, stand im Leitzordner, aus dem ich am Ende meiner Lektüre ein Foto von Soraya herausnahm.

»Was halten Sie von dem Fall?«, fragte ich.

Sonja, die einen Abschlussbericht über die Vermissung eines alten Mannes schrieb, der aus einem Pflegeheim ausgebüxt war und sich auf die Suche nach einer Prostituierten gemacht hatte, bevor er zwei Tage später in der Nähe ihrer Wohnung vor Erschöpfung tot zusammengebrochen war, ging zum Fenster und kippte es. Kalte Luft und Straßenlärm drangen herein.

»Sie sollten die Frau noch nicht für tot erklären«, sagte sie.

»Mit welchem Argument?«

»Intuition«, sagte sie.

Sie tranken gerade Kaffee und aßen Obstkuchen, als ich hereinschneite. Annemarie Brick war derart überrascht, einen Polizisten zu Besuch zu haben, dass sie kein Wort herausbrachte. Unschlüssig stand sie in der Tür zum Wohnzimmer und deutete mehrmals auf ihren Mann, als könne man ihn in der kleinen Wohnung übersehen.

»Entschuldigen Sie den Überfall«, sagte ich.

»Ist schon recht«, sagte Brick und fuhr auf mich zu.

Von meiner Kollegin Freya Epp, die ihn wegen des toten Franz befragt hatte, wusste ich, dass der ehemalige Wirt im Rollstuhl saß. Den Grund kannte ich nicht.

»Annerl, bring dem Herrn Süden einen Kaffee«, sagte er, nachdem ich mich vorgestellt hatte.

Die Wohnung in der Zennerstraße lag im Parterre, das Wohnzimmer ging zum Garten, in dem ein Tannenbaum und Büsche wuchsen, soweit ich das durch die Vorhänge erkennen konnte. Auf dem Fensterbrett standen zwei Zwerge mit roten Mützen und ein roter Weihnachtsstern.

»Heut Nacht haben sie uns die Mülltonnen vors Haus geleert«, sagte Brick. »Die gehören alle eingesperrt.«

»Ist doch Freinacht gewesen«, sagte Annerl.

»Das ist doch kein Grund, Dreck zu machen.« Brick zeigte auf das runde Silbertablett mit dem halben Nusszopf. »Möchten Sie ein Stück?«

»Nein«, sagte ich.

»Milch und Zucker?«, fragte Annerl.

»Ich trink ihn schwarz.«

Dann saßen wir stumm am Tisch.

»Kennen Sie diese Frau?« Ich zeigte Brick das Foto von Soraya Roos.

»Ich hol dir deine Brille«, sagte Annerl und ging zum Schrank.

»Das ist tragisch mit dem Toten«, sagte Brick. »Wissen Sie inzwischen, wer er ist?«

»Nein«, sagte ich. »Aber es ist möglich, dass er Gast bei Ihnen im Bärenwirt war.«

»Dann hätt ich ihn doch erkannt auf dem Bild von Ihrer Kollegin.«

Er setzte die Brille auf, deren Gläser seine Frau noch schnell an ihrem Rock abgeputzt hatte. »Ich glaub, die kenn ich. Das ist … doch die, die damals spurlos verschwunden ist. Ist das die nicht?«

»Darf ich mal sehen?« Annerl streckte die Hand aus, aber Brick betrachtete weiter das Foto. Annerl nahm den Arm nicht runter, sie hielt ihn quer über den Tisch, da sie an der Schmalseite saß, ihrem Mann gegenüber. Ich hatte mich auf ihren Stuhl an der Breitseite setzen müssen, auf ein Kissen, das recht warm war.

»Wie hieß die noch mal?«

»Soraya Roos«, sagte ich.

»Ja, das stimmt. Das ist die Soraya. Ist ein altes Bild.«

»Darf ich mal sehen?«, sagte seine Frau.

Brick hielt das Bild schief, als könne er auf diese Weise ihre Gesichtszüge besser erkennen. »Die Soraya.« Mit einem finsteren, seltsam abweisenden Gesichtsausdruck sah er seine Frau an, über ihren ausgestreckten Arm hinweg. Dann gab er ihr das Bild und nahm die Brille ab. Frau Brick hielt es mit beiden Händen vor die Augen. Das Licht im Zimmer war trüb.

»Hatte sie einen Freund namens Franz?«, fragte ich.

»Franz?« Brick drehte den Rollstuhl zur Seite und bewegte den Oberkörper vor und zurück. »Franz heißt ja fast jeder. Franz. Weiß ich nicht mehr. Hat die einen Freund gehabt, der Franz hieß, Annerl?«

»Einen Freund hat sie gehabt«, sagte die Frau, die ich auf Ende fünfzig schätzte, auch wenn sie eher wie Ende sechzig wirkte. Zwar hatten ihre braunen Haare kaum graue Strähnen, und ihre Kleidung war keineswegs die einer alten Frau, doch ihr Gang war schleppend, ihr Gesicht faltig, und sie keuchte, als bekomme sie nur mühsam Luft. Sie und ihr Mann, der nicht viel älter als sie gewesen sein dürfte, hatten die fahle Haut schwerer Raucher. Auf einem Beistelltisch mit Rädern lagen mehrere Schachteln Marlboro, ordentlich gestapelt, daneben standen Flaschen mit Kräuterlikör und Cognac, Gläser und zwei silberne Aschenbecher. Schon an der Wohnungstür hatte mich der Dunst nach abgestandenem Tabakrauch empfangen, und ich fragte mich, warum sie in meiner Gegenwart nicht rauchten.

»Können Sie sich an den Namen erinnern, Frau Brick?«, fragte ich.

Sie sah mich an, als sei sie überrascht, beim Namen genannt zu werden.

»Ich ... nein ... an den Namen ...«

»Der Franz war's nicht«, sagte Brick mit kehliger Stimme. Sein Pensum, vermutete ich, bewegte sich zwischen dreißig und vierzig Zigaretten pro Tag. Wenn er sich nicht bald eine ansteckte, war ich womöglich daran schuld, wenn er Entzugserscheinungen bekam.

Ich sagte: »Woher wollen Sie das so genau wissen?«

»Weil ich den Franz auf dem Foto nicht kenn.«

Ich zog das Foto, das er meinte, aus der Tasche und zeigte es Frau Brick, die meine Kollegin nicht angetroffen hatte. »Kennen Sie diesen Mann?«

»Ist das der Tote?«

»Ja«, sagte ich.

»Nein.« Sie schaute nur kurz hin und gab mir das Bild rasch zurück.

»Was wissen Sie über Soraya?«, fragte ich.

Unvermittelt sagte Frau Brick: »Möchten Sie einen Schnaps, Herr Süden?«

»Möchten Sie einen?«, sagte auch Herr Brick.

»Nein«, sagte ich.

»Gib mir einen«, sagte Brick. »Stört es Sie, wenn ich eine rauch?«

»Nein«, sagte ich.

»Rauchen Sie?« Er hielt mir die Packung hin.

»Nein.«

Er zündete sich eine Zigarette an und ließ sie zwischen den Lippen, bis seine Frau ihm sein Stamperl Jägermeister hingestellt hatte. »Dann zum Wohl.« Er kippte es runter, und seine Frau schenkte unverzüglich nach. Das verstand ich. Darin waren auch Martin und ich uns einig. Nur Flamingos können auf einem Bein stehen.

Danach saßen wir wieder eine Weile stumm am Tisch. Brick rauchte, und seine Frau traute sich immer noch nicht. Und Nichtraucherin war sie nicht, ich hatte ihre Fingerkuppen gesehen.

»Rauchen Sie nicht?«, fragte ich.

»Doch«, sagte sie.

Manchmal war es komisch mit anzusehen, zu welchem Verhalten die Anwesenheit eines Kriminalbeamten bei manchen Leuten führte. Komisch und ein wenig rührend.

»Ist die wieder aufgetaucht?«, fragte Brick.

»Nein«, sagte ich. »Wir haben den Namen von Ihrem Kollegen Esterer aus dem Lamm's am Sendlinger Tor.«

»Ach«, sagte Annemarie Brick. »Geht's ihm gut, dem Berti?«

»Ja.«

»Und wie sind Sie auf den gekommen?«, fragte Brick, den das Befinden seines Kollegen weniger zu interessieren schien.

»Über Ihren ehemaligen Kellner Ewald Sturm, den Wolfi.«

»Der Wolfi!«, sagte Frau Brick munter. »Gibt's den auch noch? Was macht der? Haben Sie den getroffen?«

»Er hängt so rum«, sagte ich.

»Gute Kellner werden doch immer gebraucht«, sagte Frau Brick.

»Hat der gesagt, dass er Soraya kennt?«, fragte Brick.

»Das ist noch nicht klar. Ihr Kollege Esterer behauptet, die Freundin von Franz hieß Soraya, und das ist die Frau auf diesem Foto.«

»Ganz schön kompliziert«, sagte Annemarie Brick und zündete sich eine Zigarette an. Sie inhalierte, als habe sie ein halbes Jahr darauf verzichten müssen.

»Es ist ganz einfach«, sagte ich. »Wenn Sie sich beide an Soraya erinnern, dann müssten Sie eigentlich auch den toten Franz gekannt haben.«

»Eigentlich schon«, sagte Brick.

»Ich kann mich nicht erinnern«, sagte seine Frau.

»Du warst ja auch nicht jeden Tag da«, sagte Brick.

»Aber oft schon.«

»Aber nicht jeden Tag.«

»Du kannst dich ja auch nicht erinnern.«

Brick warf einen Blick auf das Foto, drückte die Zigarette aus und ruckte mit dem Oberkörper.

»Willst dich hinlegen, Charly?«, fragte seine Frau.

»Jetzt doch nicht.« Mit finsterer Miene schob sich Brick im Rollstuhl durchs Zimmer. Anscheinend wälzte er massive Gedanken.

Ich sagte: »Als Soraya damals verschwunden ist, was haben Sie vermutet, wo sie hin sein könnte?«

»Genau«, sagte Brick und bremste abrupt den Rollstuhl ab. »Das ist das Stichwort. Ich hab die ganze Zeit überlegt. Die Soraya … die ist weg, und alle haben gesagt, die ist mit ihrem Italiener weg. Mit ihrem Italiener! So war's! Weißt noch, Annerl, der Italiener?«

»Ich kenn keinen Italiener«, sagte Annerl. »Außer den Silvio.«

»Wer ist Silvio?«, fragte ich.

»Das ist der Italiener vorn auf der Implerstraße, wo wir einmal die Woche zum Essen hingehen!«, blaffte Brick. »Der hat doch damit nichts zu tun. Ich red vom Italiener von der Soraya. Der Italiener!«

Aufgeregt tastete er nach der Zigarettenschachtel auf dem Tisch und erreichte sie nicht. Seine Frau hielt ihm die Schachtel hin.

»Wie hieß der Italiener?«, fragte ich.

Brick machte ein paar Züge, dann deutete er auf den Aschenbecher, und seine Frau stellte ihn auf die Decke, die über seinen Beinen lag. »Hab ich vergessen.«

»Ich weiß nichts von einem Italiener«, sagte Annemarie, griff nach der Schachtel und zögerte.

»Manchmal mein ich, du hast den Unfall gehabt und nicht ich«, sagte Brick.

Ich wollte nicht nachfragen, dann dachte ich, es sei vielleicht unhöflich, nicht zu fragen, und dann war ich zu langsam.

»Mein Mann ist von einem Lastwagen überfahren worden«, sagte Frau Brick. »In der Nacht, direkt vor der Wirtschaft. Fahrerflucht. Seitdem kann er nicht mehr laufen.«

»Nicht mehr laufen«, sagte Brick und hätte am liebsten den Rauch der ganzen Zigarette auf einen Zug eingesogen. »Ich bin ein Krüppel.«

»Du bist kein Krüppel«, sagte Annemarie Brick sanft.

Er drehte sich zur Seite und fuhr zu seinem Platz an der Schmalseite des Tisches zurück. Ich dachte daran, dass nach Aussage des Wirts Esterer der tote Franz bei einer Spedition als Fahrer angestellt war.

Ich sagte: »Der Fahrer wurde nie ermittelt?«

Sie schwiegen beide mit gesenktem Kopf und rauchten. Annemarie stand auf und holte einen zweiten Aschenbecher vom Beistelltisch.

»Wann war der Unfall?«, fragte ich.

Brick zerquetschte die Kippe im Aschenbecher auf seinen Knien. Als er antworten wollte, kam ihm seine Frau zuvor.

»Lang her, Herr Süden, lang her, fast zwölf Jahre. Da kümmert sich keiner mehr drum. Das ist verjährt. Ich hoffe, der Fahrer, der das getan hat, verreckt irgendwo.«

»Dann haben Sie nach dem Unfall weiter als Wirt gearbeitet?«

»Hab ich versucht«, sagte Brick.

»Das ist auch gutgegangen am Anfang«, sagte seine Frau.

»Ich hab einen Koch gehabt und eine Bedienung und hauptsächlich den Wolfi, der hat den Laden geschmissen.«

»Und ich war auch da«, sagte Annemarie Brick.

»Du auch, logisch.«

Ich sagte: »Haben Sie früher auch schon in dem Lokal gearbeitet?«

»Selten«, sagte sie. »Ich hab meine Mutter pflegen müssen, die war krank. Zwischendrin ging's ihr besser. Dann hab ich meinem Mann geholfen. Dann musst ich wieder zu Hause bleiben. Sie ist gestorben …«

»Aber nach dem Unfall Ihres Mannes sind Sie im Bärenwirt mit eingestiegen«, sagte ich.

»Ich hab die Buchhaltung besorgt und die Einkäufe

erledigt, den Schreibkram. Und die Abrechnungen kontrolliert. Aber der Wolfi ist immer korrekt gewesen, der hat die Situation nicht ausgenutzt.«

»Und zu dieser Zeit ist Soraya bei Ihnen aufgetaucht«, sagte ich.

»Weiß ich nicht mehr«, sagte Annemarie Brick. »Ich weiß wirklich nicht, ob ich die kenn.«

»Ich kenn sie flüchtig«, sagte Brick. Dann senkte er den Kopf, und ich fragte mich sofort, was das bedeuten sollte. In der Pause, die er machte, warf ich seiner Frau einen schnellen Blick zu. Sie bemerkte es und lächelte angespannt. Hinter den Worten, die ich hörte, musste es andere Worte geben, die ich nicht hören sollte. »Sie ist hinten gesessen, bei der Garderobe, wo's zu den Klos ging, da ist die gesessen.«

»Mit wem?«, fragte ich schnell.

»Mit ihren Bekannten. Die Wirtschaft war ziemlich groß, und es gibt Gäste, die wollen lieber für sich bleiben, die reden nicht viel, die merkt man sich auch nicht so.«

»Aber die Soraya haben Sie sich gemerkt«, sagte ich.

»Sag ich doch.«

»Wir haben dann gemerkt, dass das nicht geht, wenn man ...«, sagte Annemarie Brick. Es klang, als wollte sie das Thema wechseln. »Ein Wirt, der muss ... der muss fit sein, hast du selber gesagt, Charly. Der muss beweglich sein, auch mal eingreifen, wenn was passiert ... Hast du selber gesagt ... Das ist ihm dann alles zu viel geworden, er hat gedacht, er kann alles so machen wie vorher, das schafft niemand ... Wir haben dann gekündigt, die Brauerei hat uns ja auch nicht unterstützt ... Das ist auch falsch, sie hat ihn wieder eingestellt, das stimmt, sie hätten ihn nicht nehmen müssen, aber sonst … Wir haben gedacht, vielleicht geben die uns ein paar Mark … Das hat dann keinen Zweck mehr gehabt, auch mit zwei Ruhetagen in der Woche nicht, das hat die Brauerei sowieso nicht gutgeheißen, zwei Ruhetage. Angeblich haben wir nicht mehr genug Bier verkauft, die haben geglaubt, das liegt an ihm, weil er die Gäste nicht mehr richtig animieren kann … Die waren froh, als wir weg waren. Und dann ist die schöne Wirtschaft vergammelt, ganz vergammelt. Wir sind mal vorbeigefahren, im Auto. Was haben wir da für Abende verbracht, waren schon gute Gäste da in Sendling, war schon eine schöne Zeit auch …«

Zusammengesunken und mit geschlossenen Augen saß Brick in seinem Rollstuhl. Als ich aufstand, um mich zu verabschieden, schlug er für einen Moment die Augen auf. Ich hatte den Eindruck, er fragte sich, ob ich womöglich wiederkommen würde.

5

Aus einer vermissten Frau, die wir für verschollen gehalten hatten, war eine Person geworden, die durch den Tod eines Mannes in die Gegenwart zurückgekehrt war, auf eine Weise, die uns zu ratlosen Experten machte.

Am Morgen nach dem Feiertag bestimmte der Fall Soraya Roos unsere erste Besprechung, die regelmäßig um elf Uhr stattfand. Zu der Zeit, als die Frau verschwand, leitete Volker Thon noch nicht die Vermisstenstelle. Er war damals fünfundzwanzig Jahre alt gewesen und inzwischen der jüngste Abteilungsleiter im Dezernat 11. Manche Kollegen hielten ihn für arrogant und karrieregeil, ich mochte vor allem seine Kleidung nicht. Ansonsten war er einer der fähigsten Kriminalisten des Dezernats und jemand, der ein Team zu führen verstand, Gruppenklaustrophobikern wie mir zum Trotz. Für meine These, dass aus den meisten Einzelkindern Einzelerwachsene werden, hatte er nichts übrig.

»Ihr hattet also von Anfang an Zweifel an einem freiwilligen Verschwinden«, sagte Thon und rieb mit zwei Fingern an seinem Seidenhalstuch, eine Angewohnheit, die besonders Sonjas Nerven strapazierte, noch mehr als die Art, wie er sich mit dem Zeigefinger am Hals kratzte.

»Wir hatten nicht den mindesten Hinweis auf einen Plan«, sagte Paul Weber, der Älteste von uns. Er war neunundfünfzig, ein bulliger Mann mit einer beeindruckenden Bauchkugel, kurzgelocktem Haar und buschigen Augenbrauen. Meist trug er karierte Hemden und Kniebundhosen, und er benutzte weiß-blaue Stofftaschentücher, so groß wie ein halbes Tischtuch. Er war am Schliersee geboren worden, aber er sprach kaum Dialekt. Seit seine Frau gestorben war, schlief er nur noch zwei bis drei Stunden in der Nacht, und manchmal, sagte er, wenn wir uns trafen, um Bier zu trinken und zu schweigen, manchmal sei er zu müde, um Gott zu hassen.

»Die Frau war einundvierzig«, wiederholte Weber. »Wenn sie hätte weggehen wollen, hätte sie es geplant. Das hat sie aber nicht.«

»Vielleicht war das ihr Plan«, sagte Thon. Er hatte die Akte aufgeschlagen vor sich liegen, Weber, Sonja, Freya Epp und ich hatten uns einige Blätter herauskopiert.

»Merkwürdige Eltern«, sagte Martin Heuer und zog die Schultern hoch, als würde er frieren. Ich war noch nicht dazu gekommen, ihn nach den Erlebnissen mit Lilo zu fragen, seinem Aussehen nach zu urteilen, dürfte er erst heute Nacht zurückgekehrt sein. Womit er extrem zu kämpfen hatte, das sah ich ihm an, war, dass er nicht rauchen durfte. Sonja hatte das Verbot durchgesetzt, auch bei Besprechungen von Sonderkommissionen oder Arbeitsgruppen, an denen oft mehr als zehn Kollegen teilnahmen, und keiner hatte sich getraut, laut zu widersprechen. Außer Thon, der keine Zigaretten, sondern Zigarillos rauchte. Sein seidenes Halstuch flatterte fast, so heftig hatte er sich über Sonjas Vorschlag echauffiert, den er allen Ernstes kontraproduktiv nannte. Am Ende wurde er überstimmt, er setzte jedoch durch, dass nach maximal einer Dreiviertelstunde eine Pause eingelegt werden musste. Demonstrativ riss Sonja dann jedes Mal die Fenster sperrangelweit auf.

»Was war mit den Eltern?«, fragte Thon.

»Erinnerst du dich?«, fragte mich Martin. Es war klar, dass er zu erschöpft zum Sprechen war. Auch hatte er noch nicht einen Blick auf die Auszüge geworfen, die ich für ihn mitkopiert hatte.

»Die Eltern haben Anzeige erstattet«, sagte ich. Nach meinem Besuch beim Ehepaar Brick hatte ich noch einmal meine Aufzeichnungen zum Fall Soraya Roos durchgelesen, persönliche Randbemerkungen, Momentaufnahmen, die wir manchmal zu einem viel späteren Zeitpunkt für unsere Arbeit nutzen konnten, die unsere Aufmerksamkeit plötzlich in eine neue Richtung lenkten. Manchmal. Bei diesem Fall nicht. Bis jetzt zumindest. »Sie waren am Boden zerstört. Und sie wussten nichts.«

»Sicher?« Thon nestelte an seinem Halstuch und roch dann am Daumen. Sonja schaute zum Fenster.

»Die Mutter fing bald nach Sorayas Verschwinden an, Beruhigungstabletten zu nehmen, Schlaftabletten, alles Mögliche«, sagte ich. »Aber ich habe vermutet, das hat sie auch vorher schon getan, sie hat es verschwiegen. Das geht uns auch nichts an.«

»Ihr habt auch in Pirmasens recherchiert«, sagte Thon und blätterte in der Akte.

»Natürlich«, sagte Martin gleichzeitig mit mir. Das war ihm vermutlich so rausgerutscht, er grinste und zog seinen Rollkragenpullover glatt. »Die Familie stammt aus Rheinland-Pfalz, wir haben die Kollegen eingeschaltet, sie haben Verwandte und Nachbarn befragt. Es gab keine Hinweise. Die Familie lebte schon zwanzig Jahre in München, als die Tochter verschwand.«

»Warum sind sie umgezogen?«, fragte Thon.

»Der Vater wurde Teilhaber eines Geschäfts für Verdunkelungen.«

»Was?« Hinter der starken Brille wirkten Freya Epps Augen riesig, wie zwei braune Scheinwerfer.

»Er verkaufte Verdunkelungen«, sagte ich. »Jalousien, Rollos, Vorhänge ...«

»Verstehe«, sagte Freya.

»Wer ist der Teilhaber?«, fragte Thon.

»Er ist schon gestorben«, sagte ich. »Er hatte nichts mit Sorayas Verschwinden zu tun. Er kam ursprünglich auch aus Pirmasens, heiratete dann in München und übernahm das Geschäft von einem Freund. Und Emanuel Roos war gelernter Innenausstatter, die beiden kannten sich und beschlossen zusammenzuarbeiten.«

»Warum hast du gesagt, die Eltern waren merkwürdig?« Thon warf einen Blick auf seine Uhr. Fünfunddreißig Minuten waren bereits um.

»Weil sie nichts getan haben«, sagte ich.

»Genau«, sagte Martin. Er hustete und kratzte sich am Pullover, der keine zwanzig Euro wert war. Martin kaufte nur Rollkragenpullover aus Synthetics, was Sonja, die auch gern Rollkragenpullover trug, allerdings nur solche aus Cashmere oder Baumwolle, an den Rand der Verzweiflung brachte. »Die haben nichts getan. Andere Eltern suchen Verbündete, weil sie mit unserer Arbeit unzufrieden sind, oder sie beschimpfen uns, rufen jeden Tag im Dezernat an, wenden sich an die Presse. Dieses Ehepaar nicht. Die hockten zu Hause und wollten niemanden sehen und sprechen.«

»Das kannst du ihnen doch nicht zum Vorwurf machen«, sagte Sonja.

»Mach ich nicht«, sagte Martin. Schlagartig wirkte er abwesend. Er lehnte sich zurück, beugte sich vor, legte die Hand auf die grüne Zigarettenschachtel, hustete mit geschlossenem Mund.

»Sie wussten mehr, als sie sagten, das heißt nicht, sie haben uns angelogen«, sagte ich.

»Wie meinen Sie das?«, fragte Freya. Sie war erst seit drei Monaten auf der Vermisstenstelle, und ich wusste, dass sie heimlich Krimis schrieb, ein Freund von ihr, der sie einmal abholte, hatte es mir unter dem Siegel der Verschwiegenheit anvertraut. Außerdem kannte sie jede Krimiserie im Fernsehen, und sie erzählte leidenschaftlich davon. Darüber hinaus hatte sie in der kurzen Zeit, in der sie bei uns arbeitete, einige Vernehmungen durchgeführt, bei denen sie durch eine besondere Art des Fragens und Zuhörens die verstocktesten Leute geknackt hatte. In meinen Augen war sie, um den Kellner Wolfi zu zitieren, ein Naturtalent.

»Sie haben gewisse Geheimnisse für sich behalten«, sagte ich.

»Welche?«, fragte Thon.

»Familiendinge. Dinge, die uns nichts angehen.«

»Wie haben sie auf eure Vermutung reagiert, die Tochter könnte einem Verbrechen zum Opfer gefallen sein?«

»Ruhig«, sagte Martin.

Thon sah erst ihn, dann mich eindringlich an. »Habt ihr sie beschattet?«

»Natürlich«, sagte ich.

»Keine Hinweise, kein Motiv«, sagte Martin.

»Gefällt mir nicht«, sagte Thon und schwieg irgendwie vorwurfsvoll.

»Ich hab gelernt«, sagte Freya, »wenn jemand ohne Voraussetzungen verschwindet, dann ist er tot. Ich meine, dann … dann ist er wahrscheinlich tot …« Etwas verlegen blickte sie in die Runde.

»So ist das auch«, sagte Thon.

»Deswegen hielten wir sie für verschollen«, sagte Martin.

»Können wir eine Pause machen?«, fragte Thon.

»Mooooment!«, sagte Sonja gedehnt, als habe sie bei Loriot studiert. »Worüber wir überhaupt noch nicht gesprochen haben, ist, wieso gab es damals keine Verbindung zu diesem Franz, wieso taucht dieser Name nirgends auf? Und wieso taucht der Name von diesem Wirt …«

»Esterer aus dem Lamm's«, sagte ich.

»Ja, wieso taucht der in den Akten nicht auf? Der hat sie doch auf dem alten Foto wiedererkannt. Habt ihr den damals nicht befragt?«

»Anscheinend nicht«, sagte ich.

»Warum nicht?«, fragte Sonja.

»Wahrscheinlich, weil wir nichts von ihm wussten«, sagte Martin.

»*Das* ist merkwürdig«, sagte Thon.

»Warum?«, fragte ich.

»Sie war Gast bei ihm.«

»Aber wir wussten offenbar nicht, dass sie dort verkehrt hat«, sagte ich. »Die Eltern haben uns nichts davon gesagt.«

»Komisch ist doch, dass die mit vierzig noch zu Hause gewohnt hat«, sagte Freya. Sie blätterte in den fotokopierten Seiten.

»Warum hat sie das getan?«, fragte Thon.

»Es war billiger«, sagte ich. »Soraya hatte keinen Job zu der Zeit.«

»He«, rief Freya, über eines der Blätter gebeugt. »Die war ja mal Weinkönigin.«

»Pause«, sagte Thon.

Am Abend des fünften Mai vor zehn Jahren brachte eine Streife das Ehepaar Roos ins Dezernat 11, nachdem die uniformierten Kollegen eine vorläufige Vermisstenanzeige aufgenommen hatten. Wie ich schnell feststellte, misstraute vor allem Maria Roos den Beteuerungen der Polizisten, sie würden sofort eine umfassende Fahndung einleiten.

Und ich verstand, warum sie misstrauisch war.

Nach dem Grundgesetz hat jeder Bürger das Recht auf freie Entfaltung seiner Persönlichkeit, und dieses Recht kann er in Anspruch nehmen, ohne jemanden vorher um Erlaubnis fragen zu müssen. Abgesehen davon weist das Grundgesetz darauf hin, dass das Recht auf freie Entfaltung gewisse Individualwerte von Mitmenschen und den moralischen Wert des allgemeinen Sittenkodex ebenso einschließe wie das Rücksichtnehmen auf den Gemeinschaftswert der »verfassungsmäßigen Ordnung«, also auf den Gesamtwert der Rechtsnormen, die in der Verfassung unser Zusammenleben regeln.

Über die Definition eines allgemeinen »Sittenkodex«

gehen die Meinungen weit auseinander, ethische Verhaltensnormen festzulegen, scheitert meist am subjektiven Empfinden. So halten konservative Politiker und eine große Gruppe innerhalb der Bevölkerung das Zusammenleben und die Regelung des Zusammenlebens homosexueller Paare nach wie vor für einen Verstoß gegen die »guten Sitten« und eine Herabwürdigung der Ehe. Touristen, die nach Asien reisen, um Sex mit Minderjährigen zu haben, behaupten, ihr Geld trage zur Verbesserung der Lebensbedingungen der Familien dieser Kinder bei, während wiederum weite Kreise der Bevölkerung das Verhalten dieser Männer als zynisch und verbrecherisch empfinden, gleichzeitig aber die Einführung eines Paragrafen zum Straftatbestand der Vergewaltigung in der Ehe allenfalls mit einem Schulterzucken quittieren.

Eine Familie, das war immer meine Auffassung, ist eine moralische Anstalt, deren Regeln der Stärkere bestimmt, auf ihre Missachtung reagiert er oft mit drakonischen Strafen. Und es war nicht unsere Aufgabe als Polizisten, darüber zu urteilen. Wir waren nicht einmal befugt, unsere Meinung zu äußern. Alles, was wir zu tun hatten – und darauf hatte die betroffene Familie ein Recht –, war, mit offenen Karten zu spielen. Das bedeutete, wir sagten, was wir tatsächlich unternahmen, auch wenn dies auf den ersten Blick abstrakt und kühl-routiniert wirken mochte. Wir übermittelten die Personenbeschreibung ans Landeskriminalamt, wo die Meldung in den bundesweiten Polizeicomputer eingespeist wurde, in manchen Fällen schalteten wir Rundfunk- und Fernsehsender und den

ADAC-Reiseruf ein. Lagen Hinweise auf einen Auslandsaufenthalt der verschwundenen Person vor, schickte das LKA ein Fernschreiben an das Bundeskriminalamt, das über seine zentrale Suchstelle »Sirene« weiterermittelte, basierend auf dem Schengener Informationssystem, das nach dem Wegfall der Grenzkontrollen in der Europäischen Gemeinschaft die länderübergreifende Kooperation der Polizei vereinfachen sollte.

Außerdem verheimlichten wir den Angehörigen auch eine für sie höchst beunruhigende Maßnahme bei unserer Suche nicht: Sämtliche Angaben über Vermisste landeten in der VERMI/UTOT-Datei beim BKA: Die zuständigen Kollegen verglichen die Personalien des oder der Verschwundenen mit denen von unbekannten Toten und unidentifizierten hilflosen Personen. Wir als Sachbearbeiter mussten diese Datei ständig kontrollieren, um Angehörige sofort verständigen zu können, falls eine Übereinstimmung auftauchte.

Was den meisten Leuten, die eine Vermisstenanzeige aufgeben, aber nicht oder nur nach langwierigen Gesprächen einleuchet, ist die Tatsache, dass nicht jeder Erwachsene, der an einem Tag nicht nach Hause kommt, einen Fall für die Polizei darstellt. Eine Fahndung einleiten durften wir nur, wenn eine Gefahr für Leib und Leben bestand, wenn die vermisste Person entweder hilflos umherirrte, aus einem Nervenkrankenhaus entwichen war, dringend medizinische oder psychische Betreuung benötigte, einem Unglück oder einer Straftat zum Opfer gefallen war oder die Absicht hatte, sich umzubringen. Alle anderen Gründe – Liebeskummer, Ärger in der

Arbeit oder Ehe, Abenteuerlust, Langeweile – waren für uns irrelevant.

Im Wesentlichen ging es jedes Mal darum, so rasch wie möglich herauszufinden, ob die Möglichkeit einer Straftat oder eines Suizids bestand. Daher verfassten wir immer zuerst eine vorläufige Vermisstenanzeige mit speziellen Angaben über Krankheiten, Verletzungen und andere Auffälligkeiten, fügten ein Foto an und schickten den Bogen ans LKA. Dann warteten wir ab.

Warten war für die Angehörigen eine Folter. Aber wir konnten sie ihnen nicht ersparen.

Nachdem ich dem Ehepaar Roos das Procedere erklärt hatte, saßen die beiden eine Weile schweigend da. Emanuel Roos, neunundsechzig Jahre alt, in einer Wildlederjacke, die noch neu roch, und Maria Roos, neunundfünfzig Jahre alt, in einem langen dunklen Mantel, die graublonden Haare am Hinterkopf verknotet, mit einer roten Brille mit getönten Gläsern.

Ich wusste nahezu nichts von den beiden. Sie hatten ein Geschäft für Verdunkelungen betrieben, nun war er Rentner, und sie, so hatte sie wortkarg erklärt, arbeitete noch bei Siemens als Teilzeitsekretärin. Der Grund des Verschwindens ihrer Tochter sei ihr und ihrem Mann vollkommen rätselhaft.

»Fürchten Sie, dass ihr etwas zugestoßen ist?«, hatte Martin Heuer gefragt.

»Natürlich«, sagte Maria Roos schnell. Ihr Mann antwortete nicht auf die Frage. »Deswegen sind wir hier«, ergänzte sie.

Doch sie hatten kein einziges Indiz, es war nichts als eine Vermutung.

Und als sie sich verabschiedeten, sagte Emanuel Roos einen Satz, den ich noch nie von jemandem gehört hatte, der gerade sein Kind, auch wenn es erwachsen war, als vermisst gemeldet hatte. Er sagte: »Dann werden wir jetzt mal warten.«

Ein Jahr später war Maria Roos tot und ihre Tochter noch immer verschwunden.

6

Die ersten Anrufer, die sich auf das Foto in den Zeitungen meldeten, verwechselten, wie sich bald herausstellte, den toten Franz mit jemand anderem. Dann rief eine Frau an, die erklärte, sie habe möglicherweise einmal ein Verhältnis mit dem Mann gehabt, sei sich aber nicht sicher.

»Wir kommen zu Ihnen«, sagte Freya Epp am Telefon, »und Sie sehen sich das Foto genau an.« Sie saß mir am Schreibtisch gegenüber, auf Sonjas Platz, die wegen einer Vermissung im Umland zurzeit jeden Tag außer Haus verbrachte. Derweil benutzte ein junger Mann, der während seiner Ausbildung eine Art Schnupperkurs in mehreren Dezernaten absolvierte, Freyas Schreibtisch. Bei uns war er der einzige Beamte, der eine Uniform trug.

»Keine Sorge, Frau Buchner«, sagte Freya Epp. »Wir tragen keine Uniform, wir sehen ganz normal aus … Ja, das machen wir, wenn Sie mir die Nummer geben …«

Bevor ich noch einmal Ewald Sturm und den alten Roos besuchte, hoffte ich auf weitere Details, mit denen ich die beiden Männer aus der Reserve locken konnte. Nach der gestrigen Besprechung war mir klargeworden, dass unsere Vermutungen, was das Verschwinden von Soraya Roos anging, vielleicht zutrafen, wir die Hintergründe jedoch bei weitem nicht durchschaut hatten. Und vielleicht liefen unsere Vermutungen auch vollkommen in die Irre. Plötzlich begann ich an jeder Notiz in den Akten zu zweifeln, an jeder Aussage, jeder Schlussfolgerung, an der aus unserer Sicht logischen Interpretation der Fakten, und an den Fakten selbst. Es war, als habe uns der erbärmliche Tod des Mannes in der Bruchbude die Tür zu einer Vergangenheit geöffnet, aus der, wie schwarze Lava, Finsternis strömte, die uns unter sich begraben und zum Verstummen bringen sollte.

»Wer ist die Frau?«, fragte ich.

»Clara Buchner heißt sie«, sagte meine Kollegin mit den dicken Brillengläsern. »Besser, wir fahren gleich los, bevor sie es sich anders überlegt.«

Unterwegs erzählte sie mir von der Beziehung der einundsiebzigjährigen Frau mit dem toten Franz und davon, dass sie ihn angeblich vor zehn Jahren zum letzten Mal gesehen habe, zufällig vor einem Supermarkt.

»Er habe heruntergekommen und dreckig ausgesehen«, sagte Freya, wegen der ich gezwungen war, selbst zu fahren, was ich ungern tat, wenn ich im Dienst war, da ich dann nicht nachdenken oder nichts denken konnte. Meine Kollegin hatte keinen Führerschein, im Moment.

»Bin erwischt worden«, hatte sie gesagt, als ich vom Schreibtisch aufstand. »Die haben mich drangekriegt, das war Pech.«

»Konnten Sie nicht verhandeln?«

»Wollt ich nicht«, hatte sie gesagt. »Ich hätt ihnen auch nicht gesagt, wo ich arbeite, wenn sie mich nicht gefragt hätten. Und dann haben sie sich entschuldigt, ich glaub, einer der Kollegen hätt mich weiterfahren lassen, aber die anderen nicht. Selber schuld. Fünf Bier sind zu viel. Und zwei Prosecco. Aber die hab ich beim Tanzen gleich wieder rausgeschwitzt.«

»Wie lang dürfen Sie jetzt nicht fahren?«

»Einen Monat. Und vierhundert Euro Strafe. Ist schon blöd.«

»Dann nehmen wir unseren Opel«, hatte ich gesagt.

»Tut mir leid«, hatte Freya beim Losfahren gesagt.

»Sie müssen mir sagen, wo wir hinmüssen.«

Das Heim, in dem Clara Buchner lebte, lag in der Nähe des Münchner Vororts Gauting, einer Gegend für Besserverdienende oder Angehörige von Besserverdienenden. Einen Kilometer vor dem Ziel holte Freya ihr Handy aus der Tasche.

»Frau Buchner? Wir kommen jetzt. Wir treffen uns dann wie besprochen im Park.«

Natürlich hatte das Heim einen Park, eine richtige Parkanlage mit Pavillon, Teichen, Bänken, Tannen und Laubbäumen, geteerten und gekiesten Wegen, Laternen, Rosensträuchern und Rabatten voller bunter Blumen. Hoffentlich hatten die alten Leute einen guten Orientierungssinn. Aber vielleicht standen efeuumrankt irgendwo Telefonzellen für den Notfall oder beleuchtete Wegweiser.

»Polizei im Haus bringt Unglück«, sagte Freya.

»Ob Polizei im Garten Glück bringt?«, fragte ich.

Wir hatten das Grundstück durch ein offenes Eisentor betreten und gingen auf eine Parkbank zu. Auf der Terrasse standen weiße Stühle und Tische mit Tischdecken, zusammengeklappte gelbe Sonnenschirme und Pflanzen in Terracottatöpfen.

»Suchen Sie wen?«

Ein Mann mit einer grünen Schürze und einer Schaufel kam hinter uns her, er sah aus wie der klassische Gärtner.

»Grüß Gott«, sagte ich.

Der Mann hatte ein hageres Gesicht und stechend blaue Augen. »Tachchen auch. Ich arbeite hier, sind Sie Verwandte?«

»Ja«, sagte ich.

Freya sagte nichts.

»Von wem?«, fragte der Gärtner.

»Von Frau Buchner.«

»Ah ja? Dachte, die ist solo auf der Welt«, sagte der Gärtner.

»Nicht mehr als wir alle«, sagte ich.

»Bitte?«

Freya winkte jemandem, und ich drehte den Kopf. Aus Richtung der Terrasse kam eine kleine Frau in einem schwarzen Cape auf uns zu. Um den Hals hatte sie einen roten Schal geschwungen, sie trug rote Schuhe und schwarze Stoffhandschuhe. Sie hatte kaum Falten im Gesicht, die Lippen waren behutsam geschminkt. Trotzdem hätte ich sie nicht jünger geschätzt, sie machte nur einen unglaublich agilen Eindruck. Ich hielt es für möglich, dass sie jeden Morgen durch den Park joggte, wahrscheinlich mit ihrem roten Schal, so dass jeder sie von weitem sehen konnte und rechtzeitig Platz machte.

»Hallo, Balthasar«, sagte sie.

Der Gärtner hob die Schaufel. »Tachchen, Frau Buchner. Ihre Verwandten sind da.«

»Das seh ich, Balthasar. Schönen Tag noch.«

»Ihnen auch, Tschüsschen!« Ein letzter stahlblauer Blick huschte über Freya und mich.

»Lassen Sie uns etwas gehen«, sagte Frau Buchner. »Wer sind Sie eigentlich? Sie sind die Frau, mit der ich am Telefon gesprochen habe. Freya Epp, ich hab mir den Namen gleich notiert. Und Sie?«

»Tabor Süden«, sagte ich.

Sie sah mir ins Gesicht, etwas zu lang, wie ich fand.

Ich sagte: »Ich sehe immer so aus.«

»Das bleibt Ihnen unbenommen«, sagte sie. »Sie sollten weniger trinken. Und mehr Sport treiben. Aber ich mag diese an den Seiten geschnürten Hosen, von welchem Tier ist das Leder?«

»Ziege«, sagte ich.

»Das steht Ihnen«, sagte sie. »Aber Sie sollten mehr Sport treiben. Weniger sitzen, mehr Bewegung, im Alter werden Sie die Versäumnisse zu spüren kriegen.«

»Ist Ihnen der Familienname des Mannes wieder eingefallen?«, fragte Freya. Sie hielt einen DIN-A5-Block und einen Stift in den Händen.

»Grosso«, sagte Frau Buchner. »Ich glaub nicht, dass ich mich täusch. Grosso. Franz Grosso.«

»War er Italiener?«, fragte ich.

Ich ging links neben Frau Buchner, Freya rechts neben ihr.

»Das ist möglich«, sagte sie und blieb stehen. »Entschuldigen Sie, aber ich komm mir irgendwie eingezwängt vor, das ist so polizeilich, wie wir hier gehen, ich in der Mitte. Ich möcht nicht, dass meine Bekannten mitbekommen, dass die Polizei im Haus ist.«

»Wir sind im Garten«, sagte ich.

Sie sah mich an, als hätte ich gefurzt.

»Lassen Sie uns das so machen.« Sie ging hinter Freya herum auf deren rechte Seite. »Das ist besser.«

»Grosso«, sagte Freya, die den Namen aufgeschrieben und Schwierigkeiten hatte, den Block im Gehen zu halten. Schon öfter hatte ich ihr vorgeschlagen, einen kleineren zu benutzen, aber sie meinte, sie brauche Platz für ihre ausufernde Schrift.

»War er Italiener?«, wiederholte ich.

»Möglich«, wiederholte sie. Offenbar hielten sich ihre Sympathien für mich in engen Grenzen.

Schweigend setzten wir unseren Weg zwischen Fliederbüschen fort.

»Sie haben ihn doch im Supermarkt getroffen …«, begann Freya.

»Das ist an die zehn Jahre her«, sagte Clara Buchner energisch. »Und nicht *im*, sondern *vor* dem Supermarkt.«

»In welcher Straße, Frau Buchner?«, sagte ich.

»In der Humboldtstraße«, sagte sie. Dann blieb sie stehen. »Ich weiß nicht … Ich hab mich bei Ihnen gemeldet, weil ich denke, das ist meine Pflicht als Staatsbürgerin. Aber jetzt denk ich, der Mann ist tot, er hat seinen Frieden verdient … Warum soll ich Ihnen also Rede und Antwort stehen?«

»Es geht nicht nur um den Toten«, sagte ich.

»Um wen denn noch?«

»Um eine Frau, die seit zehn Jahren spurlos verschwunden ist«, sagte ich.

»Sprechen Sie nur weiter.« Ohne auf uns zu warten, schritt sie voran. Ein Eichhörnchen huschte durchs Unterholz und einen Baumstamm hinauf.

Ich sagte: »Die Frau steht in einer Verbindung zu Herrn Grosso, wir wissen noch nicht, in welcher. Er ist eine neue Spur.«

»Wie heißt die Frau?«

»Soraya Roos.«

Nach einigen Schritten sagte Frau Buchner: »Kenn ich nicht.«

»Sind Sie sicher?«, sagte Freya.

»Ja.«

Die Sonne durchbrach die Wolken, und ich spürte die Wärme im Nacken.

»Franz Grosso«, sagte ich. »Haben Sie mit ihm in der Humboldtstraße gesprochen?«

»Ich glaub nicht, dass er mich erkannt hat. Er war sturzbetrunken. Wie die anderen Männer, die da rumstanden.«

Ich wusste, welchen Supermarkt sie meinte. In der Nähe befand sich eine Unterkunft für Obdachlose und sonstige Sandler.

»Was haben Sie dort gemacht?«, fragte ich.

»Geht Sie das was an, Herr Süden?«

»Ja«, sagte ich.

»Warum?«

»Dies ist eine polizeiliche Ermittlung ...«

»Ach.«

»... und es ist unsere Pflicht und unser Recht, Sie zu befragen, das wissen Sie doch.«

»Und wo steht das geschrieben?«, sagte sie abfällig.

»Bayerisches Polizeiaufgabengesetz, Artikel dreißig folgende.«

»Sehr gut. Mein Mann hat genauso geredet wie Sie«, sagte sie. »Paragraf soundso, Artikel soundso, P-A-G, P-O-G, F-V-O, D-F-B …«

»Was hat der Deutsche Fußballbund mit uns zu tun?«, fragte Freya.

»Deutsches Fahndungsbuch«, sagte ich.

»Ojeoje«, sagte Freya.

»… A-D-O, Z-P-O … Diese Abkürzungen hab ich immer noch im Ohr. Und mein Mann ist seit achtzehn Jahren tot. Er hat gern mit Abkürzungen angegeben. Hat mir nicht imponiert.«

»In welcher Abteilung hat er gearbeitet?«, fragte ich.

»Er war Zielfahnder. Und seine Ziele lagen immer weit weg von zu Hause, sehr weit weg. Jedenfalls hab ich das jahrelang geglaubt. Wahrscheinlich ist es so, dass Polizisten das perfekte Lügen bei den Verbrechern lernen, mit denen sie es andauernd zu tun haben.«

Ich schwieg. Ich dachte: Niemand lügt perfekt. Dann dachte ich: Wozu auch, wir sind keine perfekten Lügendetektoren.

»Haben Sie denn mit Herrn Grosso gesprochen?«, fragte Freya und klopfte mit dem Stift auf ihren Block. Wir kamen an einem kleinen Brunnen vorüber, der jetzt, Anfang Mai, noch ohne Wasser war.

»Hören Sie nicht zu?«, sagte Frau Buchner. »Er war sturzbetrunken. Ich hab ihn gesehen, das hat mir gereicht.«

»Vor zehn Jahren war das.«

»Ungefähr.«

»War er Italiener?«, fragte ich ein drittes Mal.

»Möglich«, erwiderte sie ein drittes Mal. Hatte sie also endlich ein Ziel für die Rache an ihrem Zielfahnder gefunden. Ich wandte mich ihr zu und blieb stehen.

»War er Italiener, Frau Buchner?«

»Er hat gut Deutsch gesprochen, er hatte einen Akzent, ich weiß nicht mehr. Wir hatten eine Affäre, ein, zwei Monate, mein Mann fahndete mal wieder nach dem Heiligen Geist, ich traf Franz in einem Lokal ...«

»In welchem?«, fragte Freya, das Gesicht nah am Block, auf das Schreiben konzentriert.

»Kann ich nicht mehr sagen, in der Innenstadt ...«

»Am Sendlinger Tor?«, sagte ich.

»Möglich«, sagte sie.

»Damals arbeitete er bei einer Spedition als Fahrer.«

»Ja«, sagte sie.

»Bei welcher?«

»Ich bitte Sie!«

»Haben Sie es sich vielleicht aufgeschrieben, in einem Tagebuch, in einem Brief?«

»Bitte?« Wieder sah sie mich an, als wäre ich ekelerregend.

»Franz Grosso«, sagte ich. »Danke, dass Sie uns den Namen sagen konnten. Sie haben uns sehr geholfen.«

»Ja, danke«, sagte Freya.

»Woran ist er gestorben?«, fragte Frau Buchner. »In der Zeitung stand nichts Genaues, ein Verbrechen war es nicht, oder?«

»Nein«, sagte ich.

»Er ist also nicht ermordet worden?«

»Nein.«

»Gott sei Dank.«

Ich sagte: »Er ist verhungert.«

»Sie lügen«, sagte sie, und sie meinte es todernst.

»Nein«, sagte ich und ging weiter.

»Bleiben Sie stehen!«

Ich blieb nicht stehen. Was sollte ich ihr sagen? Dass es Menschen gab, die kein Glück hatten? Das wusste sie doch, spätestens seit den Erfahrungen mit ihrem Zielfahnder. Und dabei hatte sie offensichtlich gut vorgesorgt. In diesem Heim im idyllischen Würmtal zu sterben machte gewiss mehr Freude als in einer Bruchbude in der Hinterbärenbadstraße in Sendling.

Ich wartete am Auto auf Freya. Während der Fahrt hüllte ich mich in ein sozialkritisches Schweigen.

Nicht weit von dem Supermarkt entfernt, vor dem Clara Buchner ihren Ex-Geliebten gesehen hatte, gab es am Hochufer der Isar einen Kiosk. Dort verkehrten überwiegend Leute, die zu den Millionen im Land zählten, denen es egal war, unter welcher Regierung sie keine Arbeit bekamen. Freya Epp hatte ich nach Hause geschickt und Martin Heuer angerufen, um ihm zu sagen, wo ich war. Er versprach, in einer halben Stunde zu kommen.

Viele der Männer, die an diesem frühen Nachmittag in der milden Sonne an einem der runden Stehtische Bier tranken, hausten unter der nahen Wittelsbacher Brücke. Ich stellte mich zu ihnen, zeigte ihnen meinen Ausweis und das Foto des toten Franz Grosso. Es war ein Versuch. Vielleicht war Grosso nicht zufällig vor dem Supermarkt in der Nähe aufgetaucht, heruntergerissen, betrunken.

»Kenn ich nicht«, sagte einer der Männer. Die anderen betrachteten ebenfalls das Bild und gaben es mir dann zurück. Ich zeigte ihnen das Foto von Soraya.

»Sieht stark aus, die Dame. Oder ist das eine Ex-Dame?«, fragte einer.

Ich sagte: »Was ist eine Ex-Dame?«

»Eine weibliche Leiche.«

»Das wissen wir nicht«, sagte ich. »Sie ist seit zehn Jahren verschwunden.«

»Das verspricht nichts Gutes«, sagte ein Mann, der neu hinzukam, eine Bierflasche in der Hand und eine Pudelmütze auf dem Kopf.

»Das stimmt«, sagte ich. Ich zeigte dem neuen Gast Grossos Bild. Er stutzte sofort.

»Ja?«, sagte ich.

»Franz, oder?«, sagte er.

»Ganz genau.«

Die anderen beugten sich noch einmal über das Foto. Ich zog meinen kleinen Block und den Kugelschreiber aus der Tasche.

»Wie heißen Sie?«, fragte ich.

»Josef Eberhartinger«, sagte der Mann. »Wohnhaft Gravelottestraße 4, Haidhausen.«

»Kenn ich. Da war ich früher oft, in einem Weinlokal.«

»Beim Friedl.«

»Beim Friedl«, sagte ich.

»Der ist schon lang weg«, sagte Eberhartinger. »Haidhausen ist schick geworden.«

»Ganz München ist schick geworden«, sagte einer aus der Runde.

»Das ist jetzt auch eine Übertreibung«, sagte ein anderer.

»Hör doch auf, München ist schön«, sagte ein Dritter.

»Wenn du besoffen bist, ist jede Stadt schön«, sagte ein Vierter.

»Totaler Unsinn«, sagte ein Fünfter. »Warst du schon mal in Hannover besoffen? Ich schon. Da ändert sich nichts. Die Stadt ist so was von grausam, so viel kannst du gar nicht saufen, dass du das nicht mehr siehst.«

»Hannover«, sagte der Vierte.

»Warst du mal da? Warst du mal da?«

»Was soll ich denn in Hannover? Ich war ja noch nicht mal am Hasenbergl.«

»Ja und?«

»Was, ja und?«

»Was hat das mit Hannover zu tun, dass du noch nie am Hasenbergl warst?«

»Was ist?«

»Woher kennen Sie den Franz?«, fragte ich Josef Eberhartinger. Wegen der steigenden Lautstärke stellte ich mich näher zu ihm.

Die anderen gerieten in einen Diskurs darüber, ob Hannover überhaupt erwähnenswert sei oder nicht und ob man am Hasenbergl gewesen sein müsse oder nicht und ob München überall schick geworden sei oder bloß in Haidhausen, Schwabing, Neuhausen und im Glockenbachviertel und ob der Oberbürgermeister daran schuld sei oder die CSU, wobei die CSU, wenn ich einen der aufgebrachten Diskutanten richtig verstand, niemals an etwas schuld sein könne, da sie die Regierung stelle und also höchstens gelegentlich mal einen Fehler mache und sonst nichts.

»Aus'm Wirtshaus«, sagte Josef. Zu der Pudelmütze trug er einen zerschlissenen Mantel und Bergschuhe. »Da und dort, verstehst?«

»Ja«, sagte ich.

»Ja«, sagte er auch.

Er trank die Flasche aus und schaute sie an wie etwas Wesentliches.

»Ich lad Sie ein«, sagte ich.

»Überhaupt nicht«, sagte Josef. »Ich lad *Sie* ein. Schon ein Bier, oder?«

»Unbedingt.«

Er holte zwei neue Flaschen. Wir stießen an.

»Augustiner«, sagte Josef. »In meine Leber kommt mir kein anderes Bier.«

»Sehr gut«, sagte ich.

»Es gibt Leut, die saufen Löwenbräu sogar aus der Dose«, sagte Josef. »Das ist eine Barbarei.«

»Unmöglich«, sagte ich. »Die Frau auf dem Foto kennen Sie aber nicht.«

»Nie gesehen«, sagte Josef. Er trank, kratzte sich unter der Mütze, betrachtete die Fotos, die auf dem Stehtisch lagen, trank wieder und schüttelte den Kopf. »Da war eine Frau ...«, sagte er und zog den Mund in die Breite. Zum Vorschein kamen Ex-Zähne. »Der hat eine Frau gehabt ... so eine, die war ... die war aufgetakelt, die war ... Ich komm nicht mehr drauf ...«

»Die auf dem Foto?«, fragte ich.

»Möglich«, sagte er. »Magst noch eins?«

»Ich hab noch.«

Josef brachte die leere Flasche zum Kiosk zurück. Nachdem er zwei weitere Flaschen lang in seiner Erinnerung gekramt hatte, gab er auf. »Der Franz … mehr kann ich dir nicht sagen. Krieg ich eine Belohnung, weil ich den identifiziert hab?«

»Ich spendiere dir ein Bier«, sagte ich.

»Ich schwör's dir«, sagte Josef. »Die saufen das Löwenbräu sogar aus der Dose, Freunde von mir. Da wend ich mich ab, da schau ich gar nicht hin, Löwenbräubier aus der Dose, das ist was für Sechzigerfans, aber nicht für uns Bayern.«

»Unbedingt«, sagte ich.

Nach einer halben Stunde tauchte Martin auf. Im Computer hatte er keinen Eintrag über einen Franz Grosso gefunden, keine Straftaten, keine Adresse.

»In der Gravelottestraße«, sagte Martin, »da waren wir doch früher in so einem Weinlokal.« Ich hatte ihm Josef vorgestellt.

»Beim Friedl«, sagte ich.

»Beim Friedl«, sagte Martin.

»Beim Friedl«, sagte Josef auch.

»Möge es nützen«, sagte Martin und hob seine Flasche, genau wie Josef.

7

Er fiel uns praktisch entgegen. Gerade als ich die Tür aufmachen wollte, kippte er mit dem Oberkörper nach draußen, stützte sich an der Wand ab und taumelte auf ein Auto zu, das vor der Gaststätte parkte. Bevor er mit voller Wucht dagegenlief, hielt ich ihn fest, umklammerte ihn, wartete und ließ ihn los.

»Obacht, Genosse, ja?« Er sprach nicht direkt zu mir, eher an mir vorbei. Vermutlich schwankte auch seine Stimme.

»Guten Morgen«, sagte Martin Heuer.

»Gewiss«, sagte Ewald Sturm, der sich Wolfi nannte. Dann holte er Luft, als gäbe es bald keine mehr, zumindest nicht umsonst. »Spaten, ja? Spaten, das ist eigentlich auch kein Bier. Oder, Genosse?«

»Jemand muss es trinken«, sagte ich.

»Das ist wahr. Polizist, stimmt's?«

»Tabor Süden.«

»Tabor Süden. Süden. Süden ist …« Er drehte sich im Kreis und hielt Ausschau. »Süden ist … da runter …« Er zeigte in Richtung Feuerwehrhaus.

»Ungefähr«, sagte ich.

»Nein, da runter«, korrigierte er sich und zeigte auf die andere Seite der Fraunhoferstraße.

»Genau«, sagte Martin.

Von der Wittelsbacher Brücke waren wir über den Baldeplatz durch die Geyer- und Holzstraße gegangen, quer durchs Glockenbachviertel, das offiziell Isar-Vorstadt hieß. So oder so war es schick geworden.

»Wir müssen dir noch mal ein paar Fragen stellen, Wolfi«, sagte ich.

»Ich muss heim.«

»Wir begleiten dich.«

»Hör mal«, sagte er. »Ich wohn im Gärtnerplatzviertel, wenn wir da zu dritt rumspazieren, dann denken meine Nachbarn, ich bin schwul.«

»Bei dir doch nicht«, sagte ich. »Du bist doch ein Vorzeigehetero, Wolfi.«

»Meinst?«

»Unbedingt.«

Wir bogen links in die Klenzestraße ein.

»Der Franz war Italiener«, sagte ich.

»Welcher Franz?«

»Der.« Ich hielt ihm das Foto hin, das Licht der Straßenlampe fiel gerade günstig.

»Wieso?«, fragte Wolfi.

Das war immer wieder das Wunderbare am Bier: Es ließ Lügner Lässigkeit mit Leichtsinnigkeit verwechseln.

»Er war Italiener«, sagte ich. »Und er hatte eine Freundin, die hieß Soraya. Geht's noch?«

»Was?«

»Das Erinnerungsvermögen.«

»Mach's dir doch selber.«

Er taumelte gegen ein Schaufenster. Martin griff nach Wolfis Arm.

»Hör auf«, brüllte er Martin an, als könne dieser durch Handauflegen Hetero- in Homosexuelle verwandeln. Ich packte Wolfi an der Schulter und schob ihn mit dem Rücken gegen die Hauswand. Er war so überrascht, dass er kerzengerade stehen blieb.

»Was soll ich mir selber machen?«, fragte ich.

»Was ist?«

»Ich sag: ›Geht's noch?‹ Du sagst: ›Was?‹ Ich sag: ›Das Erinnerungsvermögen.‹ Du sagst: ›Mach's dir doch selber.‹ Ich soll mir mein Erinnerungsvermögen selber machen?«

»Wie redst'n du mit mir?«, sagte Wolfi und schnappte erst einmal ausgiebig nach Luft. »Du redst wie Al Pacino in einem Gangsterfilm.«

»Du hast die Soraya gekannt«, sagte ich. »Du warst mit Franz befreundet, also kennst du auch die Soraya.«

»Ja und?«

Ich ließ ihn los und konnte fast hören, wie die Scharniere einer sich öffnenden Tür quietschten. Und Martin konnte es ebenso hören.

»Komm«, sagte ich. »Wo wohnst du?«

»Kohlstraße.«

Ein Männerpaar kam uns entgegen, und Wolfi sprang fast zur Seite.

»Hast du Angst vor Schwulen?«, fragte Martin.

»Ich bin doch nicht bei der CSU«, sagte Wolfi.

»War die Soraya eine nette Frau?«, fragte ich.

»Geht schon.« Er schaute mich an und gleich wieder weg. Wir gingen am Gärtnerplatz um die Grünanlage mit dem Brunnen herum. Das Foyer des Theaters war hell erleuchtet, anscheinend dauerte die Vorstellung noch an.

»Wir müssen hier rechts rein«, sagte Martin.

Wolfi stolperte schon in eine zweite Runde um den Platz. Abrupt hielt er inne, sah sich um, zeigte in Richtung Klenzestraße, die sich hinter dem Rondell fortsetzte, holte Luft und steuerte darauf zu. Ich blieb nah bei ihm.

»Die Soraya war eine schöne Frau«, sagte ich. Wolfi schnaufte. »Aber dann ist sie verschwunden und der Franz nicht.«

»Verschwunden«, sagte Wolfi. »Freilich ist die verschwunden. Einfach verschwunden.«

»Du hast damals keine Aussage gemacht«, sagte ich.

Martin schwieg die ganze Zeit. Er war der Zeuge des Gesprächs. Wenn er auch Fragen gestellt hätte, wäre das Risiko zu groß gewesen, dass Wolfi noch mehr in Verwirrung geriet und aus Trotz nichts mehr sagte.

»Was hätt ich sagen sollen?« Er hielt wieder inne, keuchte, hustete, beugte sich nach vorn und spuckte aus. Ungelenk setzten seine Beine ihren Weg fort, schleppten den Körper notgedrungen mit.

»Du wusstest auch nicht, wohin sie verschwunden war«, sagte ich.

»Natürlich nicht. Woher denn, Mann?« Er nickte.

»Wusste Franz, wohin sie ist?«

»Sicher.«

»Und wo ist sie hin?«

»Nach Italien natürlich«, schrie er und ließ seine flache Hand auf die Kühlerhaube eines geparkten Autos krachen.

Es hatte keinen Sinn, ihn daran zu erinnern, dass er eben noch behauptet hatte, er hätte nicht gewusst, wohin Soraya verschwunden war. Andere Dinge waren jetzt wichtiger.

»Aber ihr Freund, der Franz, ist nicht mitgekommen«, sagte ich, als ginge es hier um eine Frau, die kurzfristig verreist war, und nicht um eine Person, die wir seit zehn Jahren für verschollen hielten. »Hatte der keine Lust?«

»Spinnst du?«, sagte Wolfi laut. Eigentlich hätten wir nach rechts in die Buttermelcherstraße abbiegen müssen, aber Wolfi ging geradeaus weiter, und ich korrigierte seine Richtung nicht.

»Er hätte schon Lust gehabt«, sagte ich. »Aber sie wollte nicht.«

»Jetzt sag ich dir mal was, jetzt pass mal auf.« Er blieb stehen und tippte mir mit dem Zeigefinger auf die Brust. »Was die wollt, also was die so wollt, das hat niemand kapiert. Die wollt was Besseres sein, aber sonst? Der Franze, der war Fahrer. Fahrer! Ist das was Besseres? Er hat keinen Rolls-Royce gefahren, ist ja klar, oder? Er hat Lkws gefahren, er hat eine Scheißarbeit gemacht, und er hat sich fertiggemacht für die Frau. Die hat schon was gehabt …« Er hörte auf, mir auf die Brust zu tippen, und betrachtete seinen Zeigefinger. »Die war schon gut. Die war … Da hast einfach zugreifen müssen, verstehst? Nicht jetzt … busenmäßig oder so, das mein ich nicht, ich mein, die hat eine Ausstrahlung gehabt, eine … eine Fas… eine Faszination, was … was Eigenes, bei der hast du immer das Gefühl gehabt, die nimmt dich, und dann bist du … dann bist du der König. Verstehst? Du wolltst einfach unbedingt … unbedingt …«

»Unbedingt?«, sagte ich.

»Unbedingt, dass die dableibt, da bei dir, wegen der Ausstrahlung, wegen dem … Das ist jetzt zehn Jahr her oder noch länger, und ich hab … ich hab …« Er hob die Hände, breitete sie aus wie ein Priester in der Kirche, ruckelte mit den Armen. »Ich kann die immer noch spüren … Da … Ich spür noch die Haut von der … den Rücken, verstehst? Das ganze Gestell, das war weich und fest und … so halt … und sie hat gut gerochen, die hat immer so gut gerochen, nicht aufdringlich, verstehst? Nicht nuttig oder so … Als würd … als würd ihre Haut einen Geruch haben, den sonst niemand hat … das … kannst nicht beschreiben, das war eine Frau, bei der hast dich in ihrem Schatten sonnen können. Verstehst? So eine … so eine … Da kannst nicht sagen, die interessiert mich nicht … oder die seh ich nicht, so blind kannst gar nicht sein … Und wennst blind bist, dann siehst du's trotzdem. Verstehst mich?«

»Ja«, sagte ich. »Du hast sie sehr gemocht, die Soraya.«

»Schon der Name«, sagte er und fuhr sich mit dem Ellbogen über die Stirn. »Soraya. Da liegst du dann da … da so neben ihr … und sagst einfach bloß den Namen … Das ist schon irre … Ich seh die da liegen … Da liegt die so …« Er starrte auf die dunkle Straße. »Liegt da … Die hat niemand halten können. Die hat was gehabt, das hat keiner kapiert, irgendwas hat die verschwiegen, die hat nie was erzählt, was Privates, jetzt fällt's mir wieder ein … Nix. Die hat nix erzählt, verstehst? Du hast ihr alles erzählt, das ganze Leben in einer Nacht, aber sie … nix. Die hat keiner halten können, keiner …«

»Mit wem ist sie dann nach Italien?«, fragte ich.

»Jetzt sind wir falsch, verdammt.« Mit einer schnellen Drehung um hundertachtzig Grad änderte Wolfi die

Richtung und prallte mit Martin zusammen, der hinter ihm ging. »Tschuldige, Mann.«

»Wir können über die Rumfordstraße gehen«, sagte ich. »Das ist kein Umweg.«

»Ein Scheißumweg ist das.«

Ich schob ihn wieder in die andere Richtung. Im Billardcafé herrschte Hochbetrieb unter Osteuropäern, und im Rincon erholte sich das schicke München bei bunten Getränken vom BWL-Studium.

»Mit wem ist Soraya nach Italien, Wolfi?«, fragte ich noch einmal.

»Mir doch egal.«

»Glaubst du, sie ist entführt worden?«

»Logisch.«

Ich warf Martin einen Blick zu. Wir waren uns beide nicht mehr ganz sicher, was wir von Wolfis Aussagen halten sollten, womöglich düngte das Bier in seinem Kopf abstruse Gedanken.

»Von wem entführt?«, fragte ich.

»Von dem Italiener natürlich«, schrie Wolfi die vorüberfahrende Straßenbahn an. Vor dem Restaurant Il Lago di Garda trat er gegen einen Zeitungsständer, klappte den Deckel auf und nahm eine Zeitung heraus, die er in die Innentasche seiner Jacke steckte. »Die ist von gestern, die kostet nix mehr.«

»Die ist von heute«, sagte ich.

»Willst mich jetzt verhaften?«

»Ich will wissen, welcher Italiener die Soraya nach Italien entführt hat.«

»Da bist jetzt zu spät«, sagte Wolfi.

Wir kamen an einer Tankstelle vorüber, vor der sich ein junges Paar stritt.

»Halt die Klappe, du blöde Kuh!«

»Du bist so ein fieses Arschloch, weißt du das?«

»Du wolltst ins Rincon, ich nicht.«

»Deswegen brauchst du dich nicht den ganzen Abend wie ein Arschloch benehmen.«

Vielleicht waren bunte Getränke und ein BWL-Studium eine unheilvolle Mischung.

»Wieso bin ich zu spät?«, fragte ich.

»Was?«, sagte Wolfi.

Hinter uns klingelte es stürmisch. Ich drehte mich um. Einer meiner Lieblingsverkehrsteilnehmer raste auf uns zu: eine schwarz gekleidete Frau auf einem unbeleuchteten schwarzen Fahrrad. Selbstverständlich war sie mit ihrem Geklingel im Recht, wir standen dämlich im Weg herum und das auch noch auf dem Bürgersteig. Mit verkniffenem Gesicht preschte sie an uns vorbei. Gewiss war ihr in der Kindheit viel verboten worden, und ihre Therapeutin hatte ihr geraten, das alles jetzt mal rauszulassen.

»Wolfi«, sagte ich.

»Ja«, sagte er. »Hör mal, ich hab den nicht gekannt, und der hat mich auch nicht interessiert, das war ein Freund vom Franz, glaub ich, aus Italien, ich hab den ignoriert. Hättst den Franz fragen müssen.«

»Das ist jetzt zu spät.«

»Sag ich doch.«

»Was meinst du, warum hat er Soraya entführt?«

»Das hab ich dir doch ewig lang erklärt. Weil die Soraya bei niemand wirklich geblieben ist, eine Zeitlang okay und dann … Die hast du nicht festhalten können, die wollt dann wieder allein sein, ich kann dir nicht sagen, wieso … Ich sag, da war irgendwas, was die … was die vor uns … vor uns verborgen hat … genau, verborgen … Und die wär garantiert nicht freiwillig nach Italien mit einem Typen, verstehst? Das ist unlogisch. Der hat die entführt.«

»Das hättet ihr doch der Polizei sagen müssen.«

»Nein«, sagte Wolfi. Wir standen an der Abzweigung zur Kohlstraße, direkt vor der Gaststätte Königsquelle. »Das hätten wir der Polizei nicht sagen müssen. Weil das eine Privatsache ist, die Frau ist weg, und dafür sind wir nicht zuständig. Und ihre Eltern? Haben die irgendwas von dem Italiener erzählt? Na also. Die Eltern sind für die zuständig, nicht wir.«

»Soraya war einundvierzig, als sie verschwand«, sagte ich.

»Das ist doch egal. Die hat bei ihren Eltern gewohnt, die haben gewusst, was mit der los ist, und sonst niemand. Ich hab mit der was gehabt, ich geb's zu, und das war großartig, aber ich hab auch nicht gewusst, was mit der los ist. Verstehst? Niemand hat das gewusst. Nicht mal der Franz, und der hat sie vielleicht am meisten geliebt. Und sonst gibt's da nichts mehr zu sagen. Gut Nacht, Genosse.«

Er schlurfte am Gasthaus vorbei und stützte sich alle paar Meter an der Hausmauer ab.

»Und sonst gibt's da nichts mehr zu sagen«, wiederholte ich.

Was sollte dieser Satz anderes bedeuten, als dass es da noch eine Menge zu sagen gab, was Wolfi aber nicht bereit war, uns mitzuteilen?

Die quietschende Tür stand sperrangelweit offen, jetzt mussten wir hindurchgehen.

»Ein Augustiner für den Weg?«, fragte Martin.

»Heute nicht mehr«, sagte ich.

Wir setzten uns auf die Bank auf dem Vorplatz, auf dem im Sommer Tische und Stühle standen und Essen serviert wurde. Dann schwiegen wir. Martin rauchte eine Salem ohne. Ich legte den Kopf in den Nacken, schloss die Augen und verschränkte die Arme.

»Warum hat Wolfi damals nichts unternommen?«, fragte ich mit geschlossenen Augen.

»Kann es sein, dass er was zu verbergen hatte?«, sagte Martin.

»Vermutlich.«

»Was?«

»Und warum haben die Eltern nichts von dem Italiener erzählt?«

»Weil sie was zu verbergen hatten?«

»Und warum hat sich Franz Grosso damals nicht bei uns gemeldet?«

»Kann es sein«, sagte Martin, »dass wir himmelschreiend versagt haben?«

8

Im Gegensatz zu vielen meiner Kollegen war ich der Meinung, dass wir unsere Arbeit bei der Polizei nur selten perfekt machten, meist, das würde ich zugestehen, machten wir sie gut, oft half uns die Routine, und manchmal hatten wir einfach Glück. Aber in den wenigen Fällen, in denen wir über uns hinauswachsen mussten, scheiterten wir zu oft, als dass wir das Recht gehabt hätten, uns in großem Stil zu loben, wie ich es auf einigen Weihnachtsfeiern erlebt hatte. Vielleicht war ich ein Polizist, der zu oft an den Grundfesten seines Berufs zweifelte, vielleicht hinderte mich meine tiefe Überzeugung, dass auch ein Heer exzellenter Kriminalisten die öffentliche Sicherheit und Ordnung nicht garantieren und abscheuliche Verbrechen verhindern kann, daran, gelassen eine Akte zu schließen und sie mit ein paar staatstragenden Worten an die Staatsanwaltschaft zu schicken, um danach das Glas auf den erfolgreich abgeschlossenen Fall zu erheben.

Vielleicht wunderte ich mich auch nach fünfundzwanzig Dienstjahren noch zu oft darüber, wie armselig und gleichzeitig gerissen die Menschen sich verhielten und wie selbstverständlich sie Dinge jenseits aller Gesetze, jenseits aller Vernunft, jenseits aller gesellschaftlichen Normen taten.

Vielleicht hatte ich einen Untermieter in meinem Herzen oder in meinem Kopf, und dieser Untermieter war ein Moralist, und ich hasste ihn und brauchte ihn dennoch dringend, beinahe so, als könnte ich mir sonst das Leben nicht leisten.

Natürlich waren die meisten meiner Kollegen Moralisten – einige sogar verkappte Prediger oder Undercovererlöser –, doch sie schienen gut damit klarzukommen, sie führten eine ordentliche Beamtenexistenz mit Höhen und Tiefen, sie katalogisierten ihr persönliches Empfinden auf die gleiche Weise, wie sie Akten ordneten, sie bewegten sich innerhalb eines festgefügten Koordinatensystems, auf das sie sich vollkommen verließen. Und ich beneidete sie manchmal darum.

Mir gelang kein Tag nach Plan, nicht ein einziger. Ich begegnete jedem Menschen mit meiner ganzen Persönlichkeit und schaffte es nicht, mich aufzuspalten. Ich war immer nur der eine Tabor Süden, jeder erkannte mich wieder, ich setzte nie ein Zweitgesicht auf, nie mimte ich einen anderen. Wenn ich als Polizist Erfolg hatte, empfand ich dies als ebensolche Genugtuung, wie wenn ich mit einer Frau schlief und wir passten gut zusammen.

Ich war vierundvierzig Jahre alt und an einem einzigen Tag abwechselnd ein Kind, ein Erwachsener, ein Greis, eine Frau und ein Fremder, ich ging nicht in die Arbeit, ich betrat ein Gebäude, in dem ich Geld verdiente, ich ging nicht nach Hause, ich ging in ein Haus, in dem ich allein war, ich sprach mit Leuten auf meine immer gleiche Art, auf der Straße, im Gasthaus, im Gefängnis, bei Vernehmungen. Meine Stimmungsschwankungen waren oft gewaltig, und ich unterdrückte sie nirgendwo. Den einzigen Unterschied zwischen meinem Vorgesetzten und Rollo Zirl, meinem Hauptwirt, sah ich darin, dass Volker Thon eine Vorliebe für Seidenhalstücher hatte und Rollo bei der Vorstellung, Seidenhalstücher tragen zu müssen, augenblicklich die Krätze kriegte. Und wenn es mir gefiel, ignorierte ich beide, obwohl ich ziemlich auf sie angewiesen war.

Auf meine Eigenschaften war ich nicht im mindesten stolz. Absurder Gedanke: Wozu sollte man auf etwas stolz sein, für das man nichts konnte, das man hatte und mit dem man lernen musste umzugehen? Noch dazu, wenn man begriff, wie wenig es einem half, sich zu kennen. Wir scheitern ständig, sagte ich manchmal auf der Weihnachtsfeier zu meinen Kollegen, das Einzige, was uns ab und zu gelingt, ist, das Ausmaß des Scheiterns zu verringern. Dann stellten sie mir ein frisches Bier hin und klopften mir auf die Schulter.

Aber ich bin noch heute, nachdem ich längst aus dem Polizeidienst ausgeschieden bin, dieser Meinung. Und noch heute bin ich überzeugt, dass der Fall der verschwundenen Soraya Roos zu jenen Fällen zählt, an denen wir – Martin Heuer und ich – elementar gescheitert sind. Nicht, weil wir die Sache nicht zu einem Abschluss gebracht hätten – das taten wir –, sondern weil wir bestimmte Menschen, die darin verwickelt waren, von Anfang an nicht im Geringsten durchschauten. Und als es uns endlich gelang, scheiterten wir daran, sie zu verstehen.

Ich scheiterte an mir. Trotz – oder vermutlich gerade wegen – des Untermieters in mir.

Am Morgen des vierten Mai klingelten wir an einem Mehrfamilienhaus in der Bergmannstraße auf der Schwanthaler Höhe. Wir klingelten fünfmal, ehe wir ein Knacken in der Sprechanlage hörten.

»Ich weiß genau, warum Sie hier sind«, sagte der dicke alte Mann, der kurz darauf eine Wohnungstür im dritten Stock öffnete. »Aber wissen Sie wirklich, warum Sie hier sind?«

Nach diesem Gespräch, das mit einem langen Schweigen begonnen und mit der stockenden Erzählung eines Mannes geendet hatte, die Martin und mich wiederum in ein Schweigen hineintrieb, das uns zwang, zu Fuß vom Westend bis zum Dezernat zu gehen, stumm nebeneinander, eine Schleppe aus schweren fremden Schatten hinter uns herschleifend – nach diesem Gespräch, das alles veränderte, fingen wir von vorn an, ohne Rücksicht auf den Gesundheitszustand oder die momentane Verfassung der Zeugen, die wir von Kollegen im Streifendienst abholen ließen und so lange unter Druck setzten, bis sie kapitulierten. Mit geradezu kriminalistischer Besessenheit versuchten wir, die Zeit zurückzudrehen und alte Fehler zu korrigieren.

Ewald Sturm brachten die Kollegen wie einen Geistesabwesenden in das kleine Vernehmungszimmer im zweiten Stock. Martin hatte sämtliche Akten vor sich liegen, auf einem Block hatte er sich Fragen notiert, die er zu stellen auf keinen Fall vergessen wollte. An dem Platz, auf dem der jeweilige Zeuge sitzen sollte, stand ein Kassettenrekorder. Freya Epp sollte ebenfalls an den Vernehmungen teilnehmen und sich zusätzlich Notizen machen, auch über das Verhalten des Zeugen, seine Gesten und Ticks. Außer Mineralwasser gab es nichts zu trinken, wobei wir nicht damit gerechnet hatten, dass Ewald Sturm fast zwei Flaschen allein leerte.

»Sie sind hier als Zeuge«, sagte ich.

Sturm hatte die Gesichtsfarbe einer Sandbank, seine Augen waren winzig, und bei jeder Handbewegung zuckten seine Finger.

»Haben Sie mich verstanden?«

»Waren wir nicht beim Du?«, brachte er heiser hervor.

»Das waren wir gestern«, sagte ich. »Heute siezen wir uns.«

Er hob die Hand. Dann zeigte er auf eine der Flaschen, ohne uns anzusehen, schraubte sie auf, goss ein Glas voll und trank es in einem Zug aus.

»Wann begann Ihr Verhältnis mit Soraya Roos, und wie lange dauerte es?«, fragte ich.

»Spinnst du?« Er hob den Kopf und sah uns einen nach dem anderen an. Bei Freyas Anblick grinste er, verzog das Gesicht und blinzelte nervös. Es war fast Mittag, und Sturm hätte eigentlich genügend Zeit gehabt, seinen Rausch loszuwerden. Dennoch wirkte er benommen und schien einen Kater zu haben, den er vor allem vor sich selbst verbergen wollte.

»Wann hat Ihr Verhältnis mit Soraya Roos begonnen, Herr Sturm?«, fragte ich.

»Das ist doch vorbei, Mann! Da war ich … das war … da war ich noch nicht mal dreißig, das ist doch vorbei. Denkst du, ich schreib mir jedes Mal auf, wenn ich eine

Frau ins Bett nehm, glaubst du, ich schreib mir das auf? Ich bin doch kein französischer Schriftsteller.« Er fasste sich mit beiden Händen an den Kopf und öffnete den Mund, ohne dass ein Laut herauskam.

»Sie hatten ein Verhältnis mit ihr«, sagte Martin Heuer, der mit Freya am Tisch saß. Ich stand beim Fenster, schräg vor Sturm. »Und Sie waren nicht der Einzige. Und Franz Grosso war auch nicht der Einzige.«

Sturm schenkte sich Mineralwasser ein und trank das Glas sofort aus.

»Aber Sie waren am meisten hinter ihr her«, sagte Martin.

»Am meisten?« Sturm kniff erst ein Auge zu, dann das andere, als überprüfe er seine Sehkraft. »Am meisten? Wie jetzt? Am meisten ... Ja und? Das ist doch ... das hab ich doch gestern ...« Er drehte den Kopf zur Tür, die geschlossen war. »Die zwei Typen ... die zwei Bullen, die mich aus dem Bett geklingelt haben ... dürfen die das, mich einfach anfassen? Der eine hat mir auf den Kopf geschlagen, voll auf den Kopf ...«

»Wollen Sie Anzeige erstatten?«, fragte ich.

»Freilich«, sagte Sturm laut. Im nächsten Moment dachte er offenbar nicht mehr daran. »Was wollt ihr denn von mir? Die Soraya ... Jetzt ist der Franz tot, die Sache ist endgültig vorbei ... Das ist doch ...«

»Sie haben Soraya Briefe geschrieben«, sagte ich. »Liebesbriefe. Sie haben die Briefe persönlich bei ihr zu Hause vorbeigebracht. Sie haben sie begehrt. Und bedrängt.«

»Spinnst du?« Er holte Luft, überlegte, fand die Worte nicht, steckte die Hände in die Taschen seiner orangefarbenen Windjacke, nahm sie wieder heraus, hob die Hände, und seine Finger zuckten. »Wer sagt, dass ich die bedrängt hab? Ich hab die nicht bedrängt ...«

»Natürlich«, sagte ich. »Sie haben sie nachts angerufen, Sie haben sogar Sorayas Eltern gebeten, mit ihr über Sie zu sprechen, sie sollten Ihnen helfen ...«

»Das ist doch ... Ich hab die angerufen, weil ... Das war einfach eine große Frau, verstehst? Und ich war mit der im ... Wir waren zusammen, und ich hab ihr versprochen, dass ich ...«

Diesmal trank er direkt aus der Flasche. Ich riss sie ihm aus der Hand und stellte sie auf den Tisch.

»Tschuldige jetzt«, sagte Sturm.

Ich zeigte auf sein Glas. Er wiegte den Kopf hin und her und goss Wasser ins Glas und kippte es runter.

»Was sagt Ihnen der Name Karl Brick?« Martin unterstrich mehrere Wörter auf seinem Block.

»Nix.«

»Charly«, sagte Martin. »Der Chef vom Bärenwirt.«

»Der Charly.« Sturm schniefte, senkte den Kopf und spielte mit den Fingern. »Ja und?«

»Der Charly hatte einen Unfall«, sagte Martin. »Er ist überfahren worden.«

»Weiß ich nicht mehr.«

»Das müssen Sie doch wissen«, sagte Martin. »Sie haben ihn doch überfahren.«

Sturm war so perplex, dass er rot wurde. Sein Gesicht erglühte wie eine Sandbank in der grellen Sonne.

»Sie haben ihn überfahren«, sagte Martin, »weil er Soraya belästigt hat. Sie haben sich von Ihrem Freund einen Laster ausgeliehen und den richtigen Zeitpunkt abgewartet. Wollten Sie ihn umbringen?«

»Spinnst du?«, rief Sturm.

»Du wolltest ihn nicht umbringen?« Martin wechselte absichtlich zum Du.

»Nein.«

»Ehrlich?«

»Ja.«

»Du wolltest ihm bloß einen Schrecken einjagen.«

»Was weiß ich.«

»Du wolltest Soraya einen Gefallen tun.«

»Na und?«

»Sie hat dich aber trotzdem sitzenlassen.«

»Spinnst du? Wir waren zusammen. Das hat bloß niemand wissen dürfen, verstehst?«

»Warum nicht?«

»Weil … weil … weil die offiziell … weil die mit dem Franz zusammen war … mit dem Franz und … Du nervst, Mann.«

Er nahm die Flasche, wollte trinken, grinste mich an und goss das Wasser ins Glas, das er auf einen Sitz leerte.

»Aber dann ist sie weggegangen und hat euch beide sitzenlassen.«

»Sitzenlassen! Sitzenlassen! Die ist halt weg …«

»Mit dem Italiener«, sagte ich.

»Ja, genau. Mit dem Italiener. Das möcht ich heut noch wissen, wo der auf einmal hergekommen ist. Der Italiener, super. Den hätt ich gern … den hätt ich gern mal kennengelernt, den Italiener.«

»Er war ein Freund von Franz«, sagte ich.

»Ja, ja.«

»Weil der Franz auch Italiener war.«

»Von mir aus.«

»Hatte Charly nie einen Verdacht, wer ihn überfahren hat?«, fragte Martin.

»Wieso denn?«

»Hat er sich nicht gedacht, dass der Unfall was mit Soraya zu tun haben könnte?«

»Das ist doch ein Depp.«

»Wenn er tot gewesen wäre«, sagte Martin, »wär's auch egal gewesen, oder?«

Sturm blies Luft durch die geschlossenen Lippen.

»Eigentlich hatte er Glück, dass er überlebt hat«, sagte Martin.

»Jetzt hör doch mal mit dem Unfall auf. Das ist doch vorbei. Das ist doch alles ... Ich will jetzt gehen, ich muss noch was schreiben.«

»Gedichte?«, sagte ich.

»Hast was dagegen?«

»Du wolltest einen Mann umbringen, Wolfi«, sagte ich.

»Hör doch auf. Das ist doch alles verjährt.« Er rieb sich den Kopf, goss Wasser ins Glas und trank es aus. Dann machte er das Glas noch einmal voll und trank es wieder aus.

»Wenn es ein Mordversuch war, dann ist es nicht verjährt«, sagte ich.

»Ist schon recht. Kann ich jetzt gehen?«

»Nein«, sagte Martin. »Wir machen eine Pause, und dann reden wir weiter.«

»Ich brauch keine Pause«, sagte Sturm. Tatsächlich machte er den Eindruck, als werde er allmählich nüchtern und zurechnungsfähig.

»Dieser Italiener«, sagte ich, »versuch, dich an einen Namen zu erinnern.«

»Ich weiß keinen Namen«, sagte Sturm und sah mich an. »Ich hab ja sogar deinen vergessen.«

»Tabor Süden.«

»Süden, super. Und ich bin Nathaniel Westen.« Er wandte sich an Martin. »Deinen hab ich auch vergessen.«

»Martin Heuer.«

»Und nächstes Jahr?«

»Uralter Witz«, sagte Martin.

»Das ist Freya Epp«, sagte ich und nickte in Richtung meiner Kollegin. Solches Geplänkel in einer Vernehmung brachte oft mehr Entspannung als eine Pause, in der sich der Zeuge oder Beschuldigte neu konzentrieren und seine Strategie überdenken konnte.

»Der Franz muss den Namen seines Freundes doch mal genannt haben«, sagte Martin.

»Kann mich nicht erinnern«, sagte Sturm.

»Das macht nichts«, sagte Martin. »Wichtiger für uns ist: Warum habt ihr uns damals bei der Suche nicht geholfen? Du hast dich nicht gemeldet, der Franz nicht, niemand aus eurer Clique.«

Diese Frage hatten wir ihm gestern bereits gestellt, doch vielleicht hatte er im nüchternen – oder halbnüchternen – Zustand eine plausible Erklärung auf Lager.

»Polizei«, sagte er und keuchte. »Polizei, die stört. Verstehst? Die Soraya war erwachsen, und die Eltern haben auch nichts gesagt … sonst wärt ihr ja bei mir aufgekreuzt, oder? Wir haben ihr alles Gute gewünscht. Was soll's? Niemand hat die aufhalten können, die war so. Das hab ich doch alles schon erklärt. Ich muss jetzt los.«

»Du hast gedacht, wenn du dich meldest, kommen wir dir wegen des Unfalls auf die Schliche«, sagte Martin.

Sturm rieb mit der Faust über den Tisch.

»Das ist verständlich«, sagte Martin.

Nach einigem Schweigen holte Sturm tief Luft. »Krieg ich jetzt eine Anzeige, oder was?«

»Ja«, sagte ich. »Versuchter Mord.« Ich wollte testen, was passierte.

»Spinnst du?« Er sprang auf, wankte ratlos auf der Stelle und setzte sich wieder. »Versuchter Mord! Spinnst du? Das ist ewig her, und das war ein Unfall. Die Soraya hat gesagt, ich soll ihn umbringen, damit er sie in Ruhe lässt, der ist ihr doch hinterher wie ein Triebtäter, ehrlich …«

»Wolfi?« Ich beugte mich zu ihm hinunter.

»Was ist, Mann?«

»Du willst doch jetzt nicht allen Ernstes die Sache einer Frau anhängen, die verschwunden und wahrscheinlich tot ist? Bist du so einer? So feige?«

»Der ist ihr hinterher mit dem Messer.« Sturm ballte die Faust. »Der hat sie fast vergewaltigt, der Charly. Der war gefährlich. Und die Soraya hat sich gefürchtet. Und ich … ich hab gesagt, sie soll … sie braucht sich nicht zu fürchten, ich mach das, ich mach alles, was sie sagt … Und das hab ich dann auch gemacht. Und ich hätt den totgefahren, mir doch egal. Ich hätt den umgebracht.

Okay. Ich hab's nicht hingekriegt, er ist wieder aufgestanden … Ich bin kein Lastwagenfahrer, hab so eine Scheißkiste erst einmal vorher gefahren … Okay. Ich … So was macht man für eine Frau, verstehst? Das ist doch nicht feige. Das hat doch mit Feigsein nichts zu tun, sondern mit … mit … mit sich was trauen und was machen und was zeigen und mit einstehen für was. Feige! Du spinnst doch! Du hast die Frau nicht gekannt. Wenn du die nämlich gekannt hättst, dann würdst du kapieren, was ich mein. Du hast keine Ahnung, Süden. So eine Frau … da stehst du doch nicht daneben und schaust zu, wie die bedroht und belästigt und beleidigt wird von so einem geilen Typ. Dass der überhaupt in die Kneipe zurückgekommen ist … Wir sind weiter hingegangen, er hat nichts gemerkt, aber die Soraya hat er nicht mehr angerührt, hat er sich nicht getraut … War auch schwierig, so im Rollstuhl, da bleibt ihm nur seine Alte. Das ist doch …«

Er schraubte die zweite Flasche auf, schenkte sich ein und trank das Glas aus.

»Hast du nicht nachgeforscht, wo deine Soraya hin sein könnte?«, fragte Martin.

»Das war doch …« Erst einmal brauchte er wieder Wasser. »Das war doch alles schon aus und vorbei und gegessen. Die ist bei ihrem Franz geblieben, und dann ist der andere Typ aufgetaucht, und dann ist irgendwas zwischen den beiden passiert …«

»Zwischen welchen beiden?«, fragte Martin.

»Zwischen Franz und dem anderen, die haben sich … die haben … was weiß ich. Eine Zeitlang ist die Soraya nicht mehr aufgetaucht, ist zu Hause geblieben, hat mir der Franz erzählt, jetzt fällt's mir wieder ein, die hat sich dann tagelang eingeschlossen … Hör mal, ich hab … Okay, ich hab das getan, okay. Wenn's sein muss, geh ich in den Knast, das war's wert, das war's auf jeden Fall wert. Ich hab's für Soraya getan, und deswegen war's richtig. Auch im Nachhinein, auch jetzt noch. Ihr habt aber ganz schön lang gebraucht, um den Fall aufzuklären, über zehn Jahre, zu einer Beförderung wird das eher nicht führen, oder?«

»Eher nicht«, sagte ich.

»Auch egal.«

»Kannst du dich an die Spedition erinnern, in der der Franz damals gearbeitet hat?«

»Die Spedition? Spinnst du? Denkst du, ich merk mir eine Spedition? Ich brauch keine Spedition.«

»Denk doch mal nach«, sagte ich.

»Keine Ahnung.«

Also würde uns nichts übrigbleiben, als sämtliche Speditionsfirmen in der Stadt anzurufen und nach einem Franz Grosso zu fragen.

»Wart mal«, sagte Sturm. »Irgendwas mit Sieler …, oder Stieler …, oder Sinner …«

»Danke«, sagte ich.

»Okay. Und was wird jetzt aus mir?«

»Jetzt gehst du nach Hause«, sagte ich. »Und schreibst dein Gedicht. Und dann kommst du wieder her und unterschreibst das Protokoll.«

»Und der … und wegen der Sache mit dem Charly …«

»Darüber sprechen wir noch«, sagte ich.

»Wenn ihr die findet, die Soraya«, sagte er an der Tür,

»dann möcht ich, dass ihr einen schönen Gruß von mir sagt. Okay?«

»Einen schönen Gruß und sonst nichts?«, fragte Martin.

»Ja, und dass … dass sie halt vielleicht … Dass das eine Superzeit war damals, und dass mir das leidtut, wenn ich sie nachts angerufen hab und so …«

Wir hatten es eilig. Seit einer halben Stunde warteten schon die nächsten Zeugen. Unser Eifer grenzte an Tobsucht.

Wir vernahmen das Ehepaar getrennt, Karl Brick als Ersten. Meine Kollegen hatten ihn in einem speziell für Rollstuhlfahrer ausgestatteten Kombi in der Zennerstraße abgeholt und in die Bayerstraße gebracht. In den Aufzug passte er mit dem Rollstuhl knapp hinein. Unsere Büros im Dezernat 11 hatten weder schalldicht isolierte Fenster noch – aus Platzmangel – einen funktionalen Vernehmungsraum, als einzige Ausweichmöglichkeit blieb, wenn alle übrigen Räume besetzt waren, das kleine Zimmer mit den niedrigen Fenstern im zweiten Stock. Woher sollte Geld für einen behindertengerechten Ausbau kommen?

»Hätt ich nicht gedacht, dass Sie so beengt arbeiten müssen«, sagte Karl Brick, als er an dem Platz saß, an dem wir Ewald Sturm vernommen hatten. Ich goss Mineralwasser in ein frisches Glas und stellte den Kassettenrecorder an.

»Wieso darf meine Frau nicht dabei sein?«, fragte Brick.

»Vielleicht fällt es Ihnen leichter, ohne sie mit uns zu sprechen«, sagte ich.

»Warum denn?«

»Erinnern Sie sich an Soraya Roos?«

»Das haben Sie mich doch schon gefragt, ja, ich erinnere mich an sie. Ich würd gern rauchen, geht das?«

»Ja«, sagte ich.

Er zog eine Packung Marlboro aus der Tasche, und ich stellte den Aschenbecher vom Fensterbrett auf den Tisch. Martin schob Brick eine Schachtel Zündhölzer hin. Normalerweise erlaubten wir nicht, dass in dem engen Raum geraucht wurde. Aber in Bricks Fall würden wir schneller ans Ziel kommen, wenn wir ihn gewähren ließen.

»Wir wissen, dass Sie ein Verhältnis mit Soraya Roos hatten«, sagte ich.

Er sog den Rauch ein und ruckte mit dem Rollstuhl. »Die Soraya …«

»Als wir bei Ihnen in der Wohnung waren, haben Sie so getan, als würden Sie sie nur flüchtig kennen«, sagte ich.

»Ich hab mit ihr kein Verhältnis gehabt.« Seine Augen waren blutunterlaufen, er sah müde und krank aus.

»Sie haben sie bedrängt«, sagte ich. »Früher hätte man gesagt, Sie haben ihr nachgestellt.«

»Die Soraya …« Brick leckte sich die Lippen. Für einen Moment dachte ich, seine Zunge hätte einen gelben Rand.

»Was ist mit der Soraya?«, fragte Martin.

»Kann die junge Frau mal weghören?«, sagte Brick und beugte sich vor, so weit ihm das möglich war.

»Das wird schwierig«, sagte Freya Epp.

»Was ist denn?«, sagte Martin.

»Die Soraya«, Brick senkte die Stimme, »das war …« Er sah Freya an und dann mich. »Das war eine … wenn die ins Lokal kam, konnten Sie ihre Geilheit riechen.«

Keiner von uns dreien gab einen Kommentar ab. Brick war gezwungen, weiterzusprechen.

»Deswegen … ist die auch mit einem Italiener weg, ist typisch für die. Mit einem Italiener.«

»Kennen Sie seinen Namen?«, fragte ich.

»Nein, das hab ich Ihnen doch schon gesagt.« Er zündete sich eine weitere Zigarette an.

»Sie haben Soraya mit dem Messer bedroht«, sagte Martin.

»Blödsinn.«

»Wir haben einen Zeugen.«

»Das ist alles lang her, und die Frau ist weg, und ich bin ein Krüppel. Wollen Sie mich einsperren?«

»Wir wollen wissen, warum Sie sich nicht als Zeuge gemeldet haben, als Soraya verschwunden ist«, sagte ich.

»Mir war doch diese Nutte wurscht. Sie ist mit dem Italiener durchgebrannt, hat doch jeder gewusst. Wieso die Eltern eine Vermisstenanzeige aufgegeben haben, hat niemand verstanden.«

»Kennen Sie die Eltern?«, fragte ich.

»Nein, wozu?«

»Ihre Frau kennt Soraya nicht?«, sagte Martin.

»Nein. Deswegen haben Sie mich hergebracht? Wegen diesen alten Geschichten? Das ist doch Geldverschwendung.«

Vielleicht hatte er recht. Geld-, Zeit- und Atemverschwendung.

»Könnte es sein, dass Ihr Unfall mit Ihrem Verhältnis zu Soraya Roos zu tun hatte?«, sagte Martin.

»Herr Kommissar, ich hab kein Verhältnis mit ihr gehabt.« Er klopfte auf den Recorder. »Das ist da drin zu hören.«

»Ich hab nicht *mit*, sondern *zu* gesagt.«

Brick drückte die Zigarette aus. »Jetzt, wo Sie's sagen. Wer kommt da in Frage? Dieser Franz? War der nicht Lastwagenfahrer?«

»Sie kannten ihn also doch«, sagte Martin.

»Ich kannte ihn flüchtig, er war der Hauptstecher von Ihrer Durchlaucht.«

»Sie hätten ihn anzeigen können«, sagte ich.

»Bin nicht drauf gekommen. Glauben Sie, der Staat zahlt mir heute eine Entschädigung? Mir nicht.« Mit einem Röcheln zündete er sich eine neue Zigarette an. Ich sah an Freyas Miene, welche Mühe sie sich gab, den Rauch und Bricks Bemerkungen zu ertragen. »Ich hab keine Lust, dauernd über die Vergangenheit zu reden, ich red auch nicht über die Zukunft, ich leb jetzt, ich tu wenigstens so, alles andere ist vorbei. Ich hab heut noch einen Arzttermin.«

»Soraya Roos kam auch nach Ihrem Unfall weiter in Ihr Lokal«, sagte ich.

»Mit dem Wolfi, der ist auf sie gestanden, das ist auch ein armer Hund.«

»Warum?«, fragte ich.

»Als die Soraya weg war, hat der das Saufen angefangen, so hat der an ihr gehangen. Unvorstellbar. Früher hat der nie gesoffen, war ein Spitzenkellner, zuverlässig, freundlich. Diese Frau hat ihn kaputtgemacht, und wer weiß, wie viele Männer die noch kaputtgemacht hat. Es gibt so Frauen, die machen Männer kaputt, und die Soraya war die Oberkaputtmacherin. Sagen Sie das eigentlich alles meiner Frau? Mir wär's recht …«

»Nein«, sagte ich. »Wir sagen ihr nichts.«

Von Annemarie Brick erwarteten wir uns keine echten Neuigkeiten. Und dann überraschte sie uns doch.

»Der Charly, mein Mann, der denkt, ich weiß nichts, ich weiß aber einiges. Von Soraya, von der Frau, die Sie suchen.«

»Was wissen Sie, Frau Brick?«, fragte ich.

»Dass mein Mann hinter der her war und dass sie das nicht wollte. Ich weiß auch, dass er deswegen überfahren worden ist.«

»Woher wissen Sie das?«

»Das weiß ich halt«, sagte sie und rauchte. Bevor wir sie zu uns baten, hatten wir zehn Minuten die Fenster weit geöffnet, was nicht viel nützte. »Ich hab da eine Bemerkung von der Soraya aufgeschnappt, ich hab gesehen, wie die darunter gelitten hat, dass mein Mann … dass der so aufdringlich … Und ich hab dann gedacht, er soll das lassen, aber ich konnt ja nichts sagen, weil offiziell hab ich ja nichts gewusst. Bloß nach dem Unfall … Wir haben Anzeige wegen Fahrerflucht erstattet, ich wollt die Soraya nicht hinhängen, das verstehen Sie vielleicht nicht, weil der Charly ist doch mein Mann. Aber ich war mir auch nicht sicher, und ich wollt sie nicht beschuldigen, ich hab mir nur so meine Gedanken gemacht. Ich hab mir gedacht, das ist kein Zufall, dass er überfahren wird, direkt vor dem Lokal … Das dürfen Sie aber meinem Mann ja nicht sagen, ich bitt Sie darum!«

»Wir erzählen ihm nichts«, sagte ich.

»Er ist ein gebrochener Mann.« Sie zog eine neue Zigarette aus der Packung. »Ich denk oft an die Soraya, ich weiß gar nicht, warum, ich hab sie ja gar nicht gekannt, nur so nebenbei. Sie hat was gehabt, das hat die Männer überfordert. Das mögen die nicht, wenn eine Frau sie überfordert.« Sie sah mich an.

Ich sagte: »Haben Sie sich nicht gewundert, dass Ihr Mann sich nach Sorayas Verschwinden nicht bei der Polizei gemeldet hat?«

»Nein«, sagte sie. »Der hat die doch sofort vergessen gehabt. Wenn ich mal sterb, weiß der am nächsten Tag meinen Vornamen nicht mehr. Bloß die Namen seiner Stammgäste hat er sich merken können. Und vielleicht langt das auch für einen wie ihn.« Einen Zigarettenzug lang lächelte sie, ohne jede Freude.

Während Erika Haberl, die Sekretärin der Vermisstenstelle, die Vernehmungsprotokolle abtippte, suchte ich im Internet nach einer Münchner Spedition, deren Name so ähnlich wie »Sinner« klang. Ich musste nicht lange suchen: »Claudius Singer – Nah- und Fernumzüge, Kleintransporte, Entrümpelung, Lagerung, Verpackungsmaterial, Montagen, kostenlose Beratung«. Ich vereinbarte einen Termin in einer Stunde.

Dann warteten Martin und ich im Hof des Dezernats auf einen Kollegen, der uns den Dienstwagen zurückbrachte, den wir in der Nähe der Wohnung von Emanuel Roos in der Bergmannstraße stehen gelassen hatten, weil wir nach dessen Vernehmung einen Auslauf unter freiem Himmel brauchten.

»Der tote Franz erzählt seine Geschichte immer weiter«, sagte Martin.

»Als hätte er auf uns gewartet.«

9

»Vermutlich wissen Sie es nicht«, sagte der dicke alte Mann, der vor uns durch den Flur ging.

»Wir sind hier«, sagte Martin, »weil wir wissen möchten, warum Sie bis heute nichts von dem Italiener erzählt haben, der Ihre Tochter möglicherweise nach Italien entführt hat.«

Wir standen in einem Wohnzimmer voller weißer Möbel, weiße Couch, weiße Sessel, weißer Wandschrank, grauer Fernseher, niedriger weißer Bücherschrank, darauf ein gerahmtes Foto neben dem anderen, Farb- und Schwarzweißaufnahmen, deren Motive ich auf die Entfernung nicht erkennen konnte. Ein Glastisch, auf dem eine Tageszeitung und Illustrierte lagen, auf dem Boden wertvolle Perserbrücken, vor dem Fenster eine Gardine, deren Weiß fast leuchtete. Das Zimmer wirkte, als wäre es gerade akribisch aufgeräumt und geputzt worden oder als sei es unbewohnt.

Emanuel Roos, der in dieser Wohnung lebte, trug ein blaues Hemd mit bordeauxroter Krawatte, darüber eine karierte Strickjacke aus feiner Schurwolle, eine dunkelblaue Hose und schwarze Halbschuhe, deren Leder glänzte. Er hatte weißes, volles Haar und ein breites teigiges Gesicht, sein Bauch hing weit über den Gürtel der Hose. Als er sich in einen der beiden weißen Sessel setzte, bemerkte ich zwei blaue Hosenträger.

»Nehmen Sie Platz«, sagte er.

Martin setzte sich in den zweiten Sessel, ich blieb in

der Nähe des Fensters stehen. Martin hatte einen Ordner mit den Akten von damals dabei, die Vermisstenanzeige, die Aussagen der Eltern, der Arbeitskollegen, Fotos und Berichte von mir.

»Wollten Sie gerade ausgehen?«, fragte ich.

»Nein, wie kommen Sie darauf?«, sagte Roos.

»Sie sind so gekleidet.«

»Ich ziehe mich jeden Tag so an. Stört Sie das?«

Ich erwiderte nichts.

»Wer war dieser Italiener?«, fragte Martin, den aufgeschlagenen Ordner vor sich auf dem Glastisch.

»Das weiß ich nicht.«

»Sie haben damit gerechnet, dass wir Sie besuchen werden?«, sagte ich.

»Seit das Foto in der Zeitung war«, sagte Roos.

»Das Foto von Franz Grosso.«

»Warum ist er gestorben?«

»Er ist verhungert.«

»Das passt zu ihm«, sagte Roos. Er legte die Hände flach auf die Oberschenkel, seine Fingernägel waren makellos gepflegt.

Martin legte den Stift hin, mit dem er sich Notizen machte, und wartete. Auch ich hatte nicht die Absicht nachzufragen. Nach einer Weile schob Roos seinen massigen Oberkörper vor und stützte die Hände auf der Sessellehne ab.

»Er ist der Mann, der im Alter dünn wird«, sagte Roos wie zu sich selbst. »Er wird dürrer und dürrer, und wenn er nicht aufpasst, verhungert er. Ich bin im Alter dick geworden, ich bin jetzt neunundsiebzig, als ich sechzig war,

war ich ein schlanker Mann, mit siebzig habe ich begonnen, fett zu werden. Das ist ungewöhnlich.«

»Warum sind Sie fett geworden?«, fragte ich.

Er schmatzte, vermutlich trug er ein Gebiss, und blickte zu den Fotografien auf dem Bücherschrank. »Zu viel allein. Gleichgültigkeit. Bequemlichkeit. Nachlässigkeit. Nach dem Tod meiner Frau habe ich nur noch gegessen. Ich bin der Mann, der zunimmt im Alter.«

»Ihre Frau starb an einem Herzinfarkt«, sagte Martin.

»Herzstillstand aufgrund einer Überdosis«, sagte Roos. Er lehnte sich zurück und legte die Hände in den Schoß. »Sie hatte den Überblick verloren, sie verwechselte Aufputschmittel und Tranquilizer, außerdem trank sie dauernd Alkohol, den ganzen Tag, nachts erbrach sie sich, überall in der Wohnung. Wir hatten einen hohen Verschleiß an Putzfrauen, sehr hohen Verschleiß. Es war abzusehen. Ich konnte ihr nicht helfen. Nach ihrem Tod bin ich umgezogen.«

»Von der Gollierstraße in die Bergmannstraße«, sagte Martin.

»Das war ja nicht mehr auszuhalten, die Wohnung. Die Möbel nahm ich mit, alles alt hier, alles von früher, auch die Teppiche, alles. Früher hatten wir vier Zimmer …«

»Ein Zimmer für Ihre Tochter«, sagte ich.

»Sie hatte das größte.« Roos gab einen kehligen Laut von sich, stemmte die Hände auf die Sessellehnen und stand mit einem Ruck auf. Er hustete, nahm ein Taschentuch aus der Hose und tupfte sich den Mund ab. »Ich bekomm manchmal keine Luft, wenn ich sitze. Stört es

Sie, wenn ich ein paar Schritte mache?« Er ging los, die Hände hinter dem Rücken verschränkt, das Taschentuch in einer Hand zusammengeknüllt.

»Sie haben uns damals kein Wort davon gesagt, dass Sie Franz Grosso kannten«, sagte Martin.

»Der Mann war nicht wichtig.« Roos hielt einen Moment im Gehen inne. Dann machte er einen Schritt und blieb wieder stehen. »Der Mann war nicht wichtig, außerdem hatte er mit dem Verschwinden von Soraya nichts zu tun.«

»Nein«, sagte ich. »Der Italiener hatte etwas damit zu tun, der andere Mann.«

»Welcher andere Mann?«

»Ein Freund von Grosso«, sagte ich.

»Davon weiß ich nichts.« Roos schien sich an das Taschentuch in seiner Hand zu erinnern, er betrachtete es und steckte es dann mit einem grimmigen Blick ein.

»Sie belügen uns schon wieder«, sagte Martin.

»Warum sind Sie hier?«, fragte Roos und sah uns beide an. Zwischen ihm und uns schien sich der Abstand zu vergrößern, ohne dass wir uns bewegten, das Zimmer weitete sich, und ich musste unwillkürlich zu den Fotografien schauen. Und weil ich die unheimliche Verschiebung der Perspektive nicht aushielt und die Vorstellung, ich hätte all die Jahre, in denen dieser Fall ungelöst in unseren Akten lagerte, eine jämmerliche Figur als Polizist abgegeben, mich fast schreien ließ, ging ich hinüber und nahm eines der gerahmten Bilder in die Hand.

Auf dem Foto stand Emanuel Roos im Alter von etwa fünfundfünfzig Jahren neben seiner Tochter, die demnach Mitte zwanzig gewesen sein musste. Aus den Akten ging hervor, dass Maria Roos bei Sorayas Geburt achtzehn Jahre alt war, ihr Vater achtundzwanzig.

Vater und Tochter lachten, und Emanuel Roos hatte den Arm um Sorayas Schulter gelegt. Die Sonne schien ihnen ins Gesicht, und hinter ihnen blühte der Rhododendron.

»Nein«, sagte ich. »Wir wissen nicht, warum wir hier sind. Sagen Sie es uns, Herr Roos.«

»Dass einer verhungert, der mit meiner Tochter bekannt war, irritiert Sie«, sagte Roos, schob die Gardine beiseite und sah hinaus.

»Wir sind nicht über den Toten auf Ihre Tochter gestoßen«, sagte ich. Aus einem merkwürdigen Grund schaffte ich es nicht, das Foto wieder hinzustellen. »Sondern über Ewald Sturm, den Kellner Wolfi.«

»Der Wolfi«, sagte Roos, wandte sich vom Fenster ab und verschränkte die Hände hinter dem Rücken. »Der war versessen auf meine Tochter. Der rief mitten in der Nacht an, um sie zu sprechen, der brachte seine Liebesbriefe persönlich vorbei, der konnte an nichts anderes denken. Er tat mir leid.«

»Warum?«, sagte ich.

»Weil Soraya ihn mochte und sonst nichts. Sie mochte viele Leute. Männer. Sie war eine schöne, eine majestätische Frau, sie wurde angehimmelt.«

»Vielleicht ist sie immer noch eine majestätische Frau«, sagte ich.

Roos zeigte nicht die geringste Reaktion. »Sie ist tot. Jemand hat sie entführt und ermordet, zweifeln Sie daran?«

»Wir haben keine Hinweise«, sagte Martin wahrheitsgemäß.

»Aber ich weiß es.«

»Haben Sie sie ermordet?«, fragte Martin.

»Nein«, sagte Roos. Er machte einen Schritt ins Zimmer, scheinbar unschlüssig, ob er sich setzen oder noch eine Runde drehen sollte. Trotz seines Übergewichts und seines Alters wirkte er in seiner teuren, perfekt sitzenden Kleidung beinah sportlich, auf jeden Fall nicht behäbig oder tatterig.

»Der Italiener«, sagte Martin. »Wer ist dieser Mann?«

Roos strich sich über die Krawatte. »Ich habe ihn nicht kennengelernt, das ist die Wahrheit. Soraya hat mir von ihm erzählt. Sie hat mir von allen ihren Verehrern erzählt. Auch von einem gewissen Pack oder Pick, der dann überfahren wurde.«

»Brick«, sagte Martin. »Der Chef der Gaststätte Bärenwirt.«

»Wusste Ihre Tochter, wer ihn überfahren hat?«, fragte ich.

»Ja«, sagte Roos. Er machte eine Pause, in der er keuchte und Probleme hatte, normal zu atmen. »Sie wusste es, sie sagte es mir aber nicht. Sie konnte verschwiegen sein. Ich war mir aber sicher, dass es ihr Verehrer Wolfi war, der Kellner, der hätte doch für sie gemordet. Solche sind so.«

»Solche Männer?«, sagte ich.

»Solche Verehrer«, sagte Roos. »Der Kellner war ganz gelb vor Eifersucht, als ich ihn das letzte Mal sah …«

»Grün«, sagte ich.

»Wie bitte?«

»Grün, er war grün vor Eifersucht.«

»Haben Sie ihn auch gesehen? Sie haben recht: Er war grün vor Eifersucht. Er brachte wieder einmal einen Brief, abends um zehn oder elf. Meine Tochter war nicht zu Hause. Wolfi.«

»Und Franz Grosso? Haben Sie mit ihm auch gesprochen?«, fragte ich.

»Am Telefon«, sagte Roos. »Er war verzweifelt. Mein Gott. Ich hör noch seine Stimme. Er hat seinen Job wegen Soraya hingeschmissen. Seine gute Festanstellung. Er arbeitete bei einer Spedition. Er wollte mit Soraya nach Italien. Nach Italien! Als wäre das ein Ziel, auf das Soraya gewartet hat.«

»Warum nicht?«, sagte Martin.

»Wir waren in Italien.« Roos machte einen Schritt auf ihn zu.

Endlich gelang es mir, das Bild auf den Schrank zurückzustellen. Da fiel mein Blick auf ein anderes, das ich sofort in die Hand nehmen musste.

»Wir waren jedes Jahr in Italien«, sagte Roos. »Pisa, Rom, Venedig, den Stiefel rauf und runter. Ich habe jedes Jahr zwei Wochen zugesperrt.«

»Sie haben gut verdient«, sagte Martin. Er hatte bemerkt, wie ich mich mit den Fotos beschäftigte, und versuchte, die Konzentration des alten Mannes ganz auf sich zu lenken.

»Sehr gut verdient. Die Leute haben gern Verdunkelungen an ihren Fenstern. Sie lassen sich nicht gern reinschauen. Aber wir hatten auch viele Geschäftskunden, die benötigten Jalousien für ihre Büros. Sehr gut verdient haben wir.«

»Ihre Frau arbeitete aber bei Siemens«, sagte Martin.

»Sie wollte es so. Meine Tochter ja eine Zeitlang auch. Sie war Sekretärin im Chefbüro.«

»Wir haben damals notiert«, sagte Martin und hob die Akte hoch, als ob er Roos hineinschauen lassen wollte, was er garantiert nicht vorhatte. »Ihre Tochter wechselte öfter den Job, sie war in mindestens sieben verschiedenen Firmen und Betrieben, innerhalb weniger Jahre. Warum?«

»Sie fühlte sich nicht wohl«, sagte Roos. Er warf mir einen Blick zu. »Die Karriere war ihr nicht wichtig.«

»Noch einmal zu Franz Grosso«, sagte Martin. »Er wollte mit Ihrer Tochter nach Italien gehen, er war selbst Italiener.«

»Das vermute ich.«

»Sie wissen es nicht.«

»Nein.« Mit einigen umständlichen Bewegungen setzte er sich in den Sessel und röchelte, bevor er erneut das Taschentuch hervorzog und sich den Mund abtupfte.

»Ihre Tochter wollte nicht mit nach Italien«, sagte Martin.

»Nein.«

»Aber dann ist sie doch verschwunden, mit einem anderen Italiener«, sagte Martin.

»Deswegen haben wir sofort die Polizei eingeschaltet«, sagte Roos und ruckte hin und her, unruhig oder unfähig, die richtige Sitzhaltung zu finden.

»Ja«, sagte Martin. »Nichts deutete darauf hin, dass Ihre Tochter eine Abreise geplant hatte.«

»Er hat sie entführt und ermordet.«

»Das haben Sie uns damals verschwiegen«, sagte Martin.

Roos schwieg.

»Warum?«, fragte Martin.

Roos antwortete nicht.

»Lieben Sie Ihre Tochter?«, fragte ich mit dem Bild in der Hand.

Roos zögerte lange mit einer Antwort. »Ja«, sagte er schließlich. »Ja, ich liebe sie. Und ich vermisse sie.«

»Ihre Frau hat nicht begonnen, Tabletten zu nehmen, weil ihre Tochter verschwunden war«, sagte ich.

Roos zog die Augenbrauen hoch. Martin sah mich überrascht an.

»Sie hat die Tabletten Ihretwegen genommen«, sagte ich.

»Ich bot ihr eine Scheidung an«, sagte Roos. »Aber sie wollte lieber leiden. Sie wollte immer lieber leiden. Die ganzen Jahre. Ich bot ihr mehrere Male die Scheidung an. Sie hat abgelehnt. Sie wollte lieber leiden. Soraya hat versucht, mit ihr zu reden. Sie wollte nichts hören. Sie wollte lieber leiden. Soraya hat es immer wieder versucht. Auf der einen Seite des Flurs war die Liebe, auf der anderen das Leiden. Wer hält das aus? Warum tut sich jemand das an? Die Tür stand offen.«

Ross zeigte zur Wohnzimmertür, die offen stand. »Die Tür: offen. Der Weg: frei. Sie ging nicht. Sie schaute lieber zu. Sie schaute der Liebe zu und ihrem eigenen Leiden. Der Herzstillstand war eine Erlösung für sie, da bin ich sicher. Erlösung. Sie war eine gläubige Katholikin. Soraya auch. Ich bin's ebenso. Eine Erlösung. Nach Jahrzehnten des Leidens. Und ich bete, dass Soraya niemals so leiden musste wie meine Frau. Darum bitte ich.«

Er hustete und tupfte sich den Mund ab. »Und so allein bin ich fett geworden. Sehen Sie mich an.«

Auf den Fotos, die ich betrachtete, war Soraya entweder allein in verschiedenen Altersstufen zu sehen oder gemeinsam mit ihrem Vater, und immer lachten die beiden oder winkten oder zogen Grimassen, oder Soraya blickte als Mädchen verträumt in die Kamera, fütterte Tauben auf dem Markusplatz oder prostete ihrem Vater mit einer Eistüte zu.

»Erklären Sie uns das Leiden Ihrer Frau, Herr Roos«, sagte ich.

Ich hatte das letzte der Bilder, das ich mir angeschaut hatte, wieder hingestellt, war zur Tür gegangen, hatte sie geschlossen und mich dagegengelehnt. Jeder andere hätte darauf reagiert und eine Bemerkung gemacht, nicht so Emanuel Roos. Er sah nur kurz zu mir her, scheinbar ungerührt, mit gespreizten Beinen saß er zurückgelehnt im Sessel, die Hände im Schoß, wie vorher, leise keuchend, mit einem ausdruckslosen Gesicht.

»Das Leiden meiner Frau war unergründlich«, sagte er. »Es hatte keinen Grund. Es ist sinnlos gewesen. Meine Frau litt an der Liebe meiner Tochter zu mir und meiner Liebe zu meiner Tochter. Wenn Sie meine Tochter gekannt hätten, würden Sie mich verstehen. Sie würden verstehen, dieses Mädchen, dann diese Frau, sie verdiente alle Liebe, alle, zu der Sie fähig sind und darüber hinaus.«

»Beschreiben Sie uns Ihre Tochter, Herr Roos«, sagte ich. »Nicht äußerlich, anders.«

»Nicht äußerlich. Äußerlich war sie schön, aber das sind viele Mädchen. Sie hatte ein erhabenes Wesen, und dieses erhabene Wesen wollte ich von Anfang an pflegen und fördern und schützen. Und sie wollte, dass ich sie pflege und schütze und fördere, schon als Kind. Aber was hätte ich da tun sollen? Als Kind! Man hat die Pflicht, das Kind, das man erzieht, gedeihen zu lassen, in Freiheit und Selbstbestimmung, man darf das Kind nicht zu etwas zwingen, was es nicht will. So wird man ein Verbrecher.«

»Ein Verbrecher sind Sie nicht gewesen«, sagte ich. Ich hatte keine Erklärung für diesen Satz, ich wusste in diesem Moment nicht, was ich damit bezweckte, was ich damit meinte und ob dieser Satz nicht dem widersprach, was ich eigentlich dachte. Der Satz entwischte meinem Mund.

»Ich war nie ein Verbrecher«, sagte Roos. »Ich habe dieses erhabene Wesen respektiert, ich habe mich ihm unterworfen. Und das Wundervolle war, meine Tochter, Soraya, bemerkte meine Unterwerfung schon als junges Mädchen, sie mag elf gewesen sein, zehn vielleicht, vielleicht neun, sehr jung war sie und klug, und sie hatte die Begabung, in mich zu sehen, zu sehen, wie ich innerlich vor ihr kniete wie vor einer Königin. Und was tat sie? Sie nahm meine Hand und richtete mich auf. Das hat sie getan. Und dann stand ich auf, und sie erlaubte mir, sie zu berühren.«

Ich sagte nichts. Martin beobachtete Roos, unhörbar

schrieb er ein paar Wörter auf, und der alte Mann nahm nichts davon wahr, er versank in der Vergangenheit seiner Existenz und existierte dadurch erst recht. Als er weitersprach, glänzten seine Augen, und seine Stimme klang kräftig und leidenschaftlich.

»So etwas zu empfinden«, sagte Roos, »das führt Sie Gott näher. Ich betete und dankte Ihm, und neben mir kniete meine Tochter und betete ebenfalls. Obwohl sie die Erhabene war und ich ihr Untergebener, erlaubte sie mir alles. Das ist lieben, Herr Kommissar. Das ist das Lieben, das kaum jemand kennt. Und sich diesem Lieben zu verweigern wäre ein Frevel, ein Vergehen. Es wäre unnatürlich, diesem erhabenen Begehren nicht nachzugeben. Sie werden es besser wissen als ich, dass die meisten Menschen ein unnatürliches Leben führen, aus vielen Gründen, sie gewöhnen sich daran. Das hätte ich nicht geschafft. Und ich wollte es nicht. Ich durfte dieses Geschenk nicht zurückweisen. Das hätte mir Soraya nie verziehen.«

Ich wollte ihn fragen, wann er begonnen hatte, mit seiner Tochter zu schlafen, doch er kam mir zuvor. Und ich war sofort erleichtert darüber und begriff nicht, warum.

»Sie war zwölf, als sie mir erlaubte, sie zu berühren, aber ich sagte ihr, ich würde es nicht tun. Sie bettelte darum, ich tat es nicht. Nein. Alles andere tat ich, das nicht. Oft trafen wir uns nach der Schule, sie führte mich an stille Plätze, sie schenkte mir Geduld und Nachsicht. Sie hatte Freude an meinem Anblick, unsagbare Freude. Und ich hatte Freude, wenn sie mir von ihren Freunden erzählte, von ihren ersten Abenteuern. Mit vierzehn schlief sie mit einem Jungen, der vier Jahre älter war als sie. Sie war sehr zufrieden mit ihm, und er schrieb ihr Briefe, sie antwortete nie. Er schrieb weiter Briefe. Solche sind so. Sie hatte ihn erfahren, das genügte ihr. Sie wartete auf mich. Und ich wartete auf sie. Das war das Lieben. Und wenn wir in der Kirche saßen, sonntags, und die Fürbitten sprachen, schlossen wir uns in unsere Gebete mit ein.«

»Auch Ihre Frau?«, fragte ich, spuckte das Knäuel aus Stummheit endlich aus.

»Nein«, sagte Roos. Zum ersten Mal hob er den Kopf. Er keuchte, und ich bemerkte, dass seine Augen nass waren. »Sie verbat uns, für sie zu beten. Das war nicht richtig. Das ist nicht gottgefällig. Als unsere Tochter zur Firmung ging, bat mich meine Frau, meine Tochter freizugeben. Sie sagte ›freigeben‹. Und ich ging zu Soraya und fragte sie, ob sie mir erlaube, sie freizugeben. Und sie sagte, wenn sie dies erlaube, würde sie sterben, und sie wolle nicht sterben. Sondern leben. Am Leben sein. Und das sagte ich meiner Frau.«

Er rieb die Finger der einen Hand und wischte sich mit der anderen über die Augen. »In der Kirche wurde sie ohnmächtig. Wir brachten sie hinaus. Sie kam bald wieder zu sich. Das waren die Tabletten. Der Arzt sagte, sie müsse ins Krankenhaus, sie wollte nicht. Sie wollte zu Hause bleiben. Wie ich sagte: Sie zog das Leiden vor, das gnadenlose Leiden. Ich wollte es ihr ersparen, Soraya wollte es ihr ersparen, sie blieb ja bei uns wohnen, und wir verbrachten große Jahre, Soraya und ich.«

»Waren Sie auf andere Männer eifersüchtig?«, sagte Martin.

Für diese nüchterne, einfache, logische Frage würde ich ihm noch in zehn Jahren dankbar sein. Ich stand bloß an der Tür, bis zum Scheitel angefüllt mit moralisch wertvollem Gedankengut, und kam mir zugleich wie eine Fußnote zu einem abgelaufenen Jahrhundert vor. Ich wollte den Finger heben und Aber sagen. Doch etwas in mir brach in hämisches Gelächter aus, vermutlich das Monster, dessen Zähmung eine unserer Bestimmungen in diesem Leben sein mag.

»Eifersucht«, sagte Roos. »Eifersucht. Eifersucht ist doch kein hohes Gefühl. Eifersucht ist ein Zeichen von Unfreiheit, Schwäche. Ich redete mit den Männern, haben Sie das vergessen? Ich nahm ihre Briefe in Empfang, ich spendete ihnen Trost. Wen Soraya in ihren Hofstaat aufnahm, blieb ihr überlassen, ich redete ihr doch nicht drein. Nie. Ich lebte in Demut …«

»Hat nie jemand etwas bemerkt?«, fragte Martin.

Der Oberkörper des dicken Mannes kippte nach vorn und verharrte. Dann stemmte Roos wieder die Hände auf die Sessellehnen und wuchtete sich in die Höhe. Er röchelte. In seinen Augen sammelten sich Tränen.

»Möchten Sie ein Glas Wasser?«, fragte Martin.

Roos reagierte nicht. Er ging zum Fenster, schob wie schon einmal die Gardine beiseite, blickte zu den Häusern gegenüber und stöhnte leise. »Was denn bemerkt?«, sagte er und sah weiter nach draußen. »Was bemerken die Leute denn von den großen Dingen? Was denn? Nichts. Sie puzzeln ihren Alltag zusammen und wundern sich abends nicht einmal, dass nichts passt. Meine Tochter und ich, Soraya und ich, das ist außerhalb. Das sehen die nicht. Dafür reicht ihr kleines Schauen nicht.«

Er drehte sich um.

Ich sagte: »Sie haben Ihre Tochter als vermisst gemeldet, weil Sie sie zurückhaben wollten.«

»Warum denn sonst?«, sagte er.

Warum denn sonst?, hallte ein Echo in mir. Warum denn sonst?

»Wenn Sie uns das alles früher erzählt hätten, hätten wir Ihre Tochter vielleicht finden können«, sagte Martin.

»Meine Frau wollte es nicht«, sagte Roos. Er kam auf mich zu. »Sie wollte es nicht. Und Sie haben sie nicht durchschaut, Sie merkten nicht, wie schwer es ihr fiel, das nicht zu wollen.«

»Nein«, sagte Martin.

»Das ist Ihnen verziehen«, sagte Roos. Jetzt stand er vor mir, sein rechter Arm schlenkerte vor und zurück, nichts an ihm verriet, was er vorhatte. Ich trat einen Schritt zur Seite und öffnete die Tür.

»Danke«, sagte er und hielt mir die Hand hin. Aus seinen Augen flossen vereinzelt winzige Tropfen. »Ihr Besuch war angenehm, jetzt möchte ich wieder allein sein. Auf Wiedersehen.«

Ich gab ihm die Hand. »Sind Sie aus Pirmasens weggezogen, weil es Gerüchte über Ihre … Liebe gab?«

»Ist das wichtig?«, fragte er.

»Nein«, sagte ich.

Martin stand auf, sortierte seine Papiere und klappte den Ordner zu.

»Ich glaube«, sagte Emanuel Roos, während wir hinter ihm durch den Flur gingen, »ich glaube, dieser Italiener war ein Verwandter von Franz Grosso. In diesem Moment fällt es mir ein. Ich glaube, er sprach von einem Vetter. Der Vetter aus Dingsda, der zu Besuch kam. Aus Dingsda in Italien. Werden Sie Soraya doch noch finden? Nach all den Jahren? All den leeren Jahren?«

»Wir versuchen es«, sagte Martin.

Dünne Rinnsale überzogen das teigige Gesicht des alten Mannes. Er behielt die Klinke in der Hand und sah uns hinterher. Dann schloss er die Tür, und wir blieben auf der Treppe stehen und blickten nach oben.

Auf der Straße warfen wir, weil der Himmel voller Wolken war, keinen Schatten.

10

Im Büro der Spedition Claudius Singer in der Verdistraße türmten sich Umzugskisten, die Schränke waren ausgeräumt, und auf dem Tresen stapelten sich Aktenordner.

»Das ist vielleicht ein komisches Gefühl, dass wir jetzt selber umziehen«, sagte Leila Maric, die Sekretärin, eine eher übergewichtige Frau um die fünfzig, deren Silberarmbänder unentwegt klirrten. »Sind ja bloß ein paar hundert Meter, aber ein Trara ist das, ich glaub, bei unseren Kunden geht's schneller als bei uns.«

Sie gab mir ein DIN-A4-Blatt. »Das hab ich kopiert, bei uns hat ein Herr Grosso gearbeitet, ich hab mich dann auch erinnert, ein netter Mann war das. Franz hieß der aber nicht richtig, sondern Francesco, weil der war ja Italiener. Hat man aber nicht gemerkt, der hat perfekt Deutsch gesprochen. Aus dem Friaul war der, aus Tissano, da steht's.«

»Haben Sie das Foto nicht in der Zeitung gesehen?«, fragte Martin.

»Was für ein Foto?«

Er zeigte es ihr.

»Wer ist das?«, fragte sie.

»Franz, Francesco Grosso.«

»Den hätt ich nicht erkannt. So genau kann ich mich nicht mehr erinnern, aber so hat der damals nicht ausgeschaut, der war viel dicker früher, also nicht dick, aber dicker als auf dem Foto.«

»Hatte er Kontakt zu seinen Verwandten in Italien?«, fragte ich.

Leila nahm einen Anruf entgegen, notierte sich Termine, rief einen der Fahrer in einem Transporter an und vereinbarte mit ihm eine Route.

Martin und ich sahen aus dem Fenster in den Hof, wo Lastwagen rangierten und Männer Kisten verluden. Sicher dachte auch Martin an nichts als an den alten Mann in seiner weißen Wohnung, an den Flur, durch den wir gegangen waren und der vermutlich dem in der früheren Wohnung glich, auf der einen Seite das Leiden, auf der anderen das Lieben, und heute auf jeder Seite Stille und Abwesenheit.

»Hab ich Ihnen helfen können, die Herren?«, fragte Leila.

»Danke«, sagte ich.

Von draußen winkte Martin Leila Maric zu, und sie winkte lächelnd zurück.

»Ich würd gern mit ihr ausgehen«, sagte er auf dem Weg zum Auto.

»Dann frag sie.«

»Wenn wir zurück sind«, sagte er.

Bevor ich mir klar darüber war, hatte er bereits eine Entscheidung getroffen.

»Willst du ihn anzeigen?«, fragte Martin. »Wegen Vergewaltigung, wegen Verführung, wegen sexuellen Missbrauchs von Schutzbefohlenen?«

Ich schwieg. Wir saßen in einem schäbigen Lokal an der Leonrodstraße, einem heimischen Herd für ausweglose Trinker. Niemand beachtete uns, die wenigen Gäste, die an der Theke saßen, hatten uns augenblicklich ohne

Worte zu ihresgleichen erklärt. Wahrscheinlich waren wir das auch. Ausweglos. Zumindest ich. Ich hatte Zement auf der Zunge, das Bier schmeckte mir nicht, der abgestandene Rauch, der in der Kneipe hing, verursachte mir Brechreiz.

»Was ist?«, fragte Martin.

Ich ging auf die Toilette. Aus dem abgeschabten Spiegel sah mich ein abgeschabtes Gesicht an. Was war mit mir? Was hatte die Geschichte des alten Mannes in mir ausgelöst? Was? Ich kam nicht drauf. Vorher nicht und jetzt nicht. Auf dem Weg von seiner Wohnung ins Büro hatte ich kein Wort gesprochen, und die Fragen, die Martin mir stellte, vergaß ich sofort. Danach hatten wir die Vernehmungen durchgeführt, dann waren wir zur Spedition und wieder zurück ins Dezernat gefahren, um einen Bericht zu tippen, eine vorläufige Zusammenfassung unserer Erkenntnisse über den Toten aus der Bruchbude. Pflichtarbeiten, das Übliche. Nebenher ein paar Sätze mit Freya Epp und Sonja Feyerabend, ein Termin bei Volker Thon, der fragte, ob es notwenig sei, dass wir beide ins Friaul fahren würden, und ob man nicht eine Reise sparen könne. Ich war mir nicht sicher, ob wir überhaupt fahren sollten.

Natürlich wollte ich Emanuel Roos nicht anzeigen.

Natürlich verurteilte ich sein Tun, seine Haltung und seine Überzeugung.

Was mich in einen Zustand rabiaten Selbstzorns versetzte, war, dass ich ihn nicht verstand. Ich verstand nicht, wie die Liebe, von der er redete wie andere von anderen Lieben, möglich war. Ich konnte nicht glauben, dass ein Kind aus einem Gefühl völliger Freiheit heraus sich seinem Vater hingab. Ich konnte es nicht verstehen. Und doch ahnte ich, dass es möglich wäre. Das erhabene Wesen von Soraya Roos. Ich kannte sie nicht. Was bedeutete es, einem Menschen mit einem erhabenen Wesen zu begegnen? War das Selbsttäuschung? Waren das Worte, die man für sich erfand, um sein Handeln zu rechtfertigen? Emanuel Roos rechtfertigte sich nicht. Er beichtete nicht. Er wollte keine Schuld loswerden, er legte kein Geständnis ab.

Aus dem abgeschabten Spiegel der Toilette sah mich ein abgeschabtes Gesicht an, und mir blieb nichts, als weiter hinzusehen. Meine Haare waren zu lang und zu ungepflegt, ich hatte mich seit drei Tagen nicht rasiert, ich hatte Ringe unter den Augen, ich sah aus wie ein auswegloser Trinker, der sich einbildete zu sprechen, dabei sprudelten die Worte nur in seinem Innern, tief in der Finsternis. Ich hatte Zement auf der Zunge und würde vielleicht nie wieder sprechen.

Minute um Minute stand ich da, bemühte mich um gesellschaftskonforme Wut und staatsdienerhaftes Empfinden auf hohem ethisch-korrekten Niveau. Und scheiterte. Und scheiterte, je länger ich dastand, scheiterte mehr bei jedem neuen Gedanken an Emanuel Roos, stemmte die Arme gegen den Spiegel, presste die Hände auf das klebrige Glas, die beiden Gesichter berührten sich fast, und ich war das immer noch. Ich war derselbe, der ich heute Morgen und gestern und schon immer gewesen war.

Und ich fing an, die Liebe des alten Mannes zu seiner Tochter zu erahnen. Und dieses Ahnen ängstigte mich so wenig, wie es mir Freude bereitete, es war nur ein Verstehen, dem ich noch nicht gewachsen war.

»Wo bleibst du so lange?«, fragte mich Martin, als ich mich ihm gegenüber auf die Fensterbank setzte, vor mein schal gewordenes Bier.

»Wir reisen nach Tissano«, sagte ich. »Wir müssen die Frau finden.«

»Glaubst du, sie lebt noch?«

»Ja«, sagte ich.

»Weil du es dir wünschst.«

»Ja.«

»Weil du mit ihr sprechen musst.«

»Ja«, sagte ich.

»Weil du ihr zuhören musst, so wie du ihrem Vater zugehört hast.«

»Ja«, sagte ich.

11

Nach immerhin drei Wochen bekamen Martin und ich den Reisekostenantrag unterschrieben zurück. Karl Funkel, der Leiter des Dezernats 11, war in Urlaub gewesen, und Thon verweigerte die Genehmigung.

»Das ist Geldverschwendung«, sagte er. »Wir hauen doch das Geld, das wir sowieso nicht haben, nicht zum Fenster raus, wenn die Kollegen vor Ort das genauso gut erledigen können.«

Ich sagte: »Das können sie nicht.«

»Weil sie Italiener sind?«, sagte Thon tatsächlich.

»Sie kennen den Fall nicht«, sagte ich mit simulierter Gelassenheit.

»Wir haben den Namen des Toten, die Kollegen werden den Namen seines Cousins herausfinden, dann reden sie mit ihm, und dann werden sie uns mitteilen, was dabei herausgekommen ist. Dann sehen wir weiter.«

»Wir müssen trotzdem hinfahren«, sagte ich.

»Ich unterschreibe den Antrag nicht.«

»Dann warten wir, bis Karl zurück ist«, sagte ich.

»Anstatt dass du uns alle von der Arbeit abhältst, solltest du dich um einen Dolmetscher kümmern, und ich kümmere mich mit Sonja weiter um die Gebauer-Sache. Der Jour fixe ist beendet.«

Vor einer Woche waren Mutter und Tochter Gebauer verschwunden, die Frau zwanzig, das Kind zwei Jahre alt. Es gab Hinweise, dass die Frau sich und das Kind umbringen wollte. Die Familie des Kindsvaters stammte aus dem ehemaligen Jugoslawien, und welche Rolle der Vater bei der Vermissung spielte, war noch nicht geklärt. Anscheinend hatte er seine deutsche Freundin wiederholt misshandelt, seine beiden Brüder bestritten dies jedoch. Gegen einen von ihnen lief eine Anzeige wegen schwerer Körperverletzung, er hatte betrunken einen Taxifahrer zusammengeschlagen, weil er glaubte, dieser habe das Taxameter manipuliert. Für Sonja bedeutete dieser Fall einen Höchstaufwand an Disziplin. Außerhalb ihres Dienstes empfand sie für bestimmte Männer nichts als Abscheu, und jene Bosnier zählten vollständig dazu.

Nachdem ich mit Unterstützung einer Dolmetscherin, die öfter für die Polizei arbeitete, die Kollegen in Udine um Amtshilfe gebeten hatte, dauerte es zehn Tage, bis diese uns mitteilten, sie hätten einen Vetter von Francesco Grosso ermittelt, sein Name sei Severino Aroppa. Dieser sei aber momentan verreist, und niemand im Dorf Tissano wisse, wo er sich aufhalte. Die Kollegen versprachen uns sofort zu informieren, wenn Aroppa zurückgekehrt sei.

In der Zwischenzeit kehrte zumindest Karl Funkel aus seinem Urlaub zurück, und ich erklärte ihm die Notwendigkeit einer Dienstfahrt ins Friaul.

»Warum hat Volker den Antrag nicht unterschrieben?«, fragte er.

Ich sagte nichts darauf.

Funkel stopfte sich eine Pfeife, zündete sie an und behielt sie im Mund, während er sein dunkelrotes Sakko auszog und es auf einen Bügel an die Außenseite einer Schranktür hängte.

»Wo warst du?«, fragte ich.

»In Irland. Ich musste noch einmal hin. Ich glaube, das war gut, jetzt habe ich die Sache überwunden.«

Die Sache war seine Beziehung zu Sonja Feyerabend, mit der er zusammengewohnt und der er einen Heiratsantrag gemacht hatte. In ihrem letzten Urlaub auf der Grünen Insel zerstritten sie sich allerdings unrettbar, und ihre Liebe zerschellte an ihren Herzfelsen. Sie lösten die Altbauwohnung in der Elisabethstraße auf, und Sonja zog in den Norden der Stadt, nach Milbertshofen, während Funkel in Schwabing blieb. Er fand eine kleine Wohnung in der Nähe des Josephsplatzes, unweit der Kirche, in die er jeden Sonntag ging.

»Ich hab alte Klöster besichtigt«, sagte er. »Ich hab wenig gesprochen, das war die beste Erholung. Woran arbeitest du?«

Ich berichtete vom Toten aus der Bruchbude und den Türen, die sich im Lauf der Ermittlungen auftaten und wieder schlossen, wenn man es genau nahm. Auch von Emanuel Roos erzählte ich ihm, ausführlich und langsam, als prüfte ich dabei meine eigenen Reaktionen.

»Ganz gleich, wie lange wir diese Arbeit tun«, sagte Funkel. »Wir wissen immer noch viel zu wenig. Und es gab damals keinerlei Hinweise auf Inzest?«

»Nein«, sagte ich. »An das Wort habe ich noch gar nicht gedacht.«

»An welches Wort?«

»Inzest.«

»Wie würdest du das sonst nennen, was in dieser Familie passiert ist?«, fragte Funkel und klopfte den Inhalt der Pfeife in den großen runden Glasaschenbecher.

»Liebe«, sagte ich.

Länger, als es nötig war, klopfte er mit dem Pfeifenkopf gegen das Glas, legte die Pfeife dann auf ein silbernes Tablett zu den Streichhölzern und dem Tabak und kratzte sich an der Oberkante seiner schwarzen Augenklappe. Funkel war auf dem linken Auge blind, seit ein drogensüchtiger Dealer bei der Festnahme auf ihn eingestochen hatte.

»Liebe«, sagte er und dachte lange nach. »Besser, du behältst diese Einschätzung für dich.«

»Warum?«, fragte ich.

»Für die meisten Menschen ist Liebe etwas anderes.«

»Du glaubst an Gott«, sagte ich. »Was ist Liebe für Gott?«

»Das hab ich bis heute nicht verstanden«, sagte Funkel.

»Aber du betest regelmäßig zu ihm.«

»Wie du weißt, antwortet er nicht.«

»Wir sind nicht Gott«, sagte ich. »Von uns erwarten die Leute, dass wir antworten.«

»Behalt deine Meinung über Emanuel Roos trotzdem für dich.«

»Nein«, sagte ich. »Das werde ich nicht tun.«

Bevor wir keine neuen Nachrichten über Severino Aroppa erhielten, konnten wir nicht aufbrechen, ohne damit rechnen zu müssen, bei den italienischen Kollegen auf vollkommenes Unverständnis zu stoßen. Vielleicht hatten sie Interesse an dem seltsamen Fall, vielleicht, was wahrscheinlicher war, verstanden sie nicht, warum wir uns über den tragischen Tod von Francesco Grosso hinaus mit seinem Leben in der Vergangenheit und der Rolle seines Vetters dabei beschäftigten.

»Welche Rolle spielt dieser Aroppa?«, fragte Sonja Feyerabend, um etwas Abstand zu der Gebauer-Vermissung zu bekommen.

»Vermutlich ist er der Italiener«, sagte ich.

»Dann muss ihn jemand kennen«, sagte sie nüchtern.

»Offenbar nicht«, sagte ich.

»Das ist unmöglich. Haben Sie ein Foto von ihm?«

Die Kollegen aus Udine hatten uns noch keines übermittelt, obwohl Freya Epp bereits dreimal darum gebeten hatte.

»Ich hab gehört, Sie haben noch mal mit dem Vater der Verschwundenen gesprochen?«

»Ja«, sagte ich. Und dann erschreckte mich der Gedanke, Sonja könne mich in eine Diskussion verwickeln, und ich ahnte, sie würde meine Bewertung nicht im mindesten teilen, geschweige denn gutheißen. Und ich sagte: »Er hat uns damals in manchen Dingen angelogen, aber ich glaube ihm, dass er nicht weiß, was mit seiner Tochter geschehen ist.«

»Ich hab gehört, es ging auch um Missbrauch?«, sagte sie und biss sich auf die Unterlippe, was, wie mir Funkel verraten hatte, ein Signal drohenden Unheils sein konnte.

»Ich möchte nicht darüber sprechen«, sagte ich.

»Warum nicht?« Sie trank einen Schluck Mineralwasser und warf einen schnellen Blick auf den Computer. Dann sah sie mir auf gewisse Weise streng in die Augen, die ebenso grün waren wie ihre. Anscheinend steuerte sie unwiderruflich auf einen Disput zu, und ich stand unwiderruflich auf.

»Ich will es nicht«, sagte ich und zog meine Lederjacke an und knöpfte mein Hemd bis zum Kragen zu.

»Ist Ihnen kalt?«, fragte Sonja.

»Nein.«

»Warum wollen Sie über dieses Thema nicht sprechen?«

»Ein andermal«, sagte ich.

»War es Missbrauch?«, fragte sie. Eines Tages, das ahnte ich in diesem unpassenden Moment, würden wir mehr gemeinsam haben als das Grün unserer Augen.

»Nein«, sagte ich.

»Was war es dann?«

»Ich weiß es noch nicht.«

»Warum weichen Sie mir aus?«

»Weil da mehr Platz ist«, sagte ich und ging zur Tür.

»Ich komm übrigens mit ins Friaul«, sagte Sonja. »Eine Bekannte von mir war dort, in einer umgebauten Villa, sie sagt, das ist ein idealer Ort zum Ausspannen.«

»In Tissano?«, fragte ich.

»Ja. Sie und Martin bekommen sicher auch noch ein Zimmer in der Villa. Um diese Zeit.«

»Sie können doch gar nicht weg«, sagte ich.

»Wir sind kurz vor der Aufklärung«, sagte sie. »Frau Gebauer ist bei ihren Verwandten, die stellen sich noch etwas an, was ich verstehen kann. Aber ich schätze, dass wir morgen, spätestens übermorgen mit der Frau und ihrer Tochter sprechen können. Und wenn ihr was zugestoßen ist, häng ich die Jugoslawen hin, ich finde Zeugen, die vor Gericht aussagen werden, dass ihr Freund sie misshandelt hat.«

»Viel Glück«, sagte ich.

»Süden?«

Ich kam aus dem Büro nicht hinaus.

»Wenn wir im Friaul sind, möcht ich wissen, was der Vater Ihnen erzählt hat«, sagte sie.

Ich sagte: »Sie sind doch dann im Urlaub.«

»Werden Sie nicht kindisch.«

Kaum hatte ich die Glastür im Treppenhaus erreicht, kam Freya Epp hinter mir hergelaufen.

»Die Kollegen aus Udine haben ein Foto gemailt.«

»Du schon wieder mit deinen Fotos.«

Ich störte ihn beim Dichten. Nebenher hörte er ein Klavierkonzert.

»Kennst du diesen Mann?«

Ewald Sturm ging zum Fenster. Sein Zimmer wurde nicht gerade von Licht verwöhnt.

»Könnt sein«, sagte er.

»Gib dir Mühe, Wolfi.«

»Wie heißt der?«

»Das ist der Mann, mit dem Soraya nach Italien gegangen ist.«

Im ersten Augenblick dachte ich, ich hätte mit dieser Bemerkung einen Fehler gemacht. Wolfi legte alle Verachtung, zu der er fähig war, in eine Grimasse und schnippte mit dem Finger auf das Bild. Dann hielt er es mir wortlos hin.

»Du kennst ihn«, sagte ich.

»Ich hab ihn mal gesehen«, sagte er. »Das ist ein Unterschied, verstehst?« Er setzte sich wieder an den Tisch, der aus einer Spanholzplatte bestand, die auf zwei Holzböcken lag. Wolfi schrieb auf einen Zeichenblock, umgeben von Zetteln, Briefen, Wörterbüchern und Gedichtbänden. An die Platte war eine Lampe geklemmt, deren Licht dürftig auf die Verse fiel.

»Weißt du, wie er heißt?«

»Keine Ahnung, Mann.«

»Er heißt Severino Aroppa.«

»Und sonst?«

»Habt ihr euch damals gestritten?«

Wolfi beugte sich über den Block. »Du nervst. Ich kenn den nicht, und jetzt hau ab! Ich muss arbeiten.«

»Geht's voran?«

»Nein.«

»Für wen ist das Gedicht?«

»Für einen Mann, der achtzig wird, seine Enkel wollen ihm was Besonderes schenken, verstehst?«

»Du schreibst also ein Erbschleichergedicht.«

»Verzieh dich.«

»Kannst du dich erinnern, wo dieser Aroppa damals gewohnt hat?«, fragte ich.

»Nein.«

»Denk nach, Wolfi.«

Er schrieb ein Wort hin, strich es durch, nahm einen anderen Kugelschreiber, notierte auf einem Zettel das Wort »Gnädigkeit« und schlug ein Lexikon auf.

»Was ist Gnädigkeit?«, fragte ich.

»Bleib du bei deiner Polizei«, sagte Wolfi.

»Ich dachte nur, es heißt Gnade.«

»Bleib du bei deiner Polizei.«

Das hätte ich nicht für möglich gehalten, dass Verseschmiede sich erst ein Wort ausdachten und dann im Lexikon nachschlugen, ob es existiert. Vielleicht arbeitete auch nur Wolfi so.

»Was reimt sich auf Gnädigkeit?«, fragte ich, da ich von der Nutzlosigkeit ungereimter Erbschleichergedichte überzeugt war.

»Geht dich das was an?«, fragte Wolfi.

Ich sagte: »Zum Glück nicht.«

Während er über einem Reim grübelte, hörte ich dem wundervollen Konzert zu. Für einen wie mich, dessen Staunen für die Bilder und Briefe von Vincent van Gogh nicht ausreichte, klang diese Musik durch und durch rein und verständlich. Vielleicht, dachte ich in diesem muffigen Zimmer, war diese Form der Einbildung ein göttliches Geschenk: Damit wir angesichts unserer winzigen Existenz vor solcher Kunst nicht verzweifeln, tröstet sie uns mit der Illusion, wir wären eins mit ihr. Und so, vielleicht, versöhnen wir uns eine Weile mit unserem täglichen Verschwinden.

»Du störst meine Kreise«, sagte Wolfi.

»Wo hat der Aroppa gewohnt, Wolfi?«

»Frag den Charly, ich hab's vergessen.«

»Woher soll der das wissen?«

»Der hat Ohren wie Wanzen, der kriegt alles mit.«

Im Treppenhaus beschloss ich, mir eine CD mit einem Klavierkonzert von Mozart zu kaufen.

Nach dem ersten Zwangsjägermeister legte ich die Hand auf das kleine Glas.

»Einer geht noch«, sagte Karl Brick und hielt die Flasche bedenklich schief.

»Nein«, sagte ich.

»Einer geht noch.«

»Nein.«

Er schob den Rollstuhl an die Schmalseite des Tisches, stellte die Flasche hin und nahm noch einmal das Foto in die Hand.

»Den kenn ich nicht«, sagte er zum dritten Mal. Ich stellte mich neben die offene Terrassentür, damit der Rauch, der im Zimmer hing, keinen Umweg machen musste.

»Ist irgendwas?«, fragte Brick.

»Nein«, sagte ich.

»Meine Frau ist beim Einkaufen«, sagte er zum wiederholten Mal. »Die kennt den auch nicht.«

»Er hat in Ihrem Lokal verkehrt«, sagte ich.

»Möglich, aber ich kann mich nicht an jeden Gast erinnern.«

»Er ist der Mann, mit dem Soraya Roos nach Italien gegangen ist.« Bisher hatte ich dem ehemaligen Wirt nur erklärt, wir würden nach dem Mann auf dem Foto im Zusammenhang mit dem toten Franz fahnden.

Jetzt nickte Brick, verzog den Mund und legte das Foto auf den Tisch. Er zündete sich eine Zigarette an und ließ dabei das Gesicht des Mannes nicht aus den Augen.

»Aha«, sagte er.

Ich schwieg. Er sah zu mir her, ruckte mit dem Rollstuhl und nickte wieder. Draußen zwitscherten Vögel, und es roch nach feuchter Erde.

»Das ist er …« Brick inhalierte. Sein Kopf fiel auf die Brust, als würde er einschlafen. Sogleich schreckte er hoch. »Kenn ihn trotzdem nicht. Und das ist alles vorbei.«

»Haben Sie Sorayas Vater je kennengelernt?«, fragte ich.

»Nein.«

»Ihre Mutter?«

»Nein.«

»Sind Sie sicher?«

»Ja.«

Ich verabschiedete mich. »Ich glaube, Sie kennen den Mann.«

»Dann sind Sie halt ein gläubiger Mensch.«

Als ich von der Zennerstraße, wo die Bricks wohnten, in die Pognerstraße einbog, durch die ich zur Thalkirchener Brücke gelangen und von dort am Fluss entlang nach Hause gehen wollte, kam mir Annemarie Brick entgegen, mit zwei vollgepackten Einkaufstaschen.

Ich zeigte ihr das Foto.

»Was sagt mein Mann?«, sagte sie.

Ich sagte: »Er hat ihn erkannt.«

»Wie heißt er?«, fragte sie.

»Severino Aroppa. Er ist der Vetter von Franz Grosso.«

»Aha«, sagte sie wie ihr Mann. »Der war dabei.« Sie streckte den Rücken und stöhnte.

Es war warm an diesem sechsten Juni, die Sonne schien, und die Cabrios fuhren mit offenem Verdeck. An der Isar sonnten sich schon einige Nackte, und Rauchschwaden von Grillfeuern zogen über die Auen.

»Wissen Sie noch, wo er gewohnt hat?«

»Ich hab ja nicht mal gewusst, wie er heißt«, sagte sie.

»Das ist der Mann, mit dem Soraya Roos nach Italien gegangen ist.« Allmählich kam mir der Satz wie ein Echo vor.

»Mit wem ist der nach Italien?«

»Mit Soraya, der Frau, über die wir gesprochen haben.«

»Die kenn ich ja offiziell gar nicht.«

»Sie wollen sich nicht an sie erinnern.«

»Das ist dasselbe«, sagte sie.

»Danke«, sagte ich.

Sie nahm die schweren Taschen, stutzte und stellte sie wieder hin, vor ihre Schuhe, nebeneinander. »Wir hatten ab und zu Gäste, die haben in der Pension Waltraud übernachtet, Vertreter, so Leute. Pension Waltraud am Harras. Nicht weit von der S-Bahn.«

Anstatt nach Hause zu gehen, fuhr ich mit dem Taxi nach Sendling.

»Wie das Blümerl«, sagte die Frau, die weit über achtzig sein musste. Sie trug ein dunkelblaues Kleid, eine Strickjacke und ein Kopftuch. Sie sprach so, dass ihre Zähne vollständig unsichtbar blieben.

»Kennen Sie diesen Mann, Frau Veilchen?«, sagte ich und zeigte ihr das Foto.

Sie schaute nur kurz drauf. »Freilich. Der war hier. Den kenn ich.«

»Sie haben ja ein phantastisches Gedächtnis«, sagte ich.

»Hat er was ausgefressen?«, sagte Stefanie Veilchen. »Er war nämlich sehr charmant. Ein Italiener halt.«

»Sie sind der erste Mensch, der sich nach so langer Zeit genau an ihn erinnern kann«, sagte ich.

»Herr Kommissar«, sagte sie. »Sie wollen vielleicht auch charmant sein, aber so ganz klappt das nicht, nehmen Sie mir das nicht übel. Nach so langer Zeit. Das ist jetzt genau einen Monat her, dass er da war. Ich bin zwar schon achtundachtzig, aber für einen Monat reicht mein Gedächtnis schon noch, da brauchen Sie sich keine Sorgen zu machen, Herr Kommissar.«

»Entschuldigen Sie, Frau Veilchen«, sagte ich.

»Schon gut. Was ist denn mit dem?«

Ich bat sie nachzusehen, wann genau Severino Aroppa in der Pension Waltraud gewohnt hatte.

»Da steht's«, sagte sie. »Vom zwanzigsten bis siebenundzwanzigsten April war er da, genau sieben Tage.«

»Hat er gesagt, was er in München vorhatte?«

»Alte Freunde treffen, hat er gesagt. Er hat sehr gut Deutsch gesprochen. Sonst hat er nicht viel geredet. Dann hat er noch gesagt, er war früher schon mal da, vor über zehn Jahren, und da ist er mir dann sogar wieder eingefallen. Auf den ersten Blick hätt ich ihn nicht wiedererkannt. Die Jahre halt. Außerdem hat er gesagt, er war auch im Winter schon mal da …«

»In welchem Winter?«

»Im letzten halt. Vor Weihnachten. Aber da war ich nicht da, da war ich drei Wochen krank, da hat meine Schwester die Gäste versorgt, die Waltraud. Nach der ist die Pension benannt, weil eine Pension Stefanie hat's damals schon gegeben, vor sechzig Jahren, als wir angefangen haben.«

»Könnte ich mit Ihrer Schwester sprechen, Frau Veilchen?«, sagte ich.

»Das wird schwierig«, sagte sie. »Die Trude ist am elften Januar gestorben. Grad, dass ich wieder richtig auf den Beinen war.«

»Herzliches Beileid nachträglich.«

»Dankschön. Sie war vierundneunzig. Lungenentzündung. Mal schauen, wie weit ich komm. Also, der Herr …« Sie sah in das dicke vergilbte Buch. »Der Herr Aroppa, der war da, ja …«

»Hat er Ihnen gesagt, wohin er von München aus wollte?«

»Durch Deutschland«, sagte Frau Veilchen. »Urlaub wollt er machen, durch Deutschland, er hat unser Land recht gelobt, das war fast ein bisschen übercharmant. So viel Lob hat unser Land auch wieder nicht nötig, oder? In Italien ist es doch auch schön.«

»Hat er den Namen Francesco Grosso erwähnt?«, fragte ich.

»Ich glaub nicht. Er hat nur Freunde gesagt, dass er Freunde besuchen will.«

»Hat er sie denn besucht?«

»Hab ich ihn auch gefragt. Er hat ja gesagt, aber er hat ein bisschen geschwindelt. Ich frag nicht nach. Neugier ist schlecht fürs Geschäft. Was ist denn jetzt mit dem?«

»Er ist der Verwandte eines Mannes, der gestorben ist und den niemand vermisst«, sagte ich.

»Das geht mir auch mal so. Wenn ich sterb, vermisst

mich auch niemand. Das ist doch sowieso bloß ein Stress, wenn man die ganze Zeit jemand vermissen muss.«

»Sie werden bestimmt vermisst, Frau Veilchen«, sagte ich.

»Ja, freilich«, sagte sie. »Vom Finanzamt vielleicht.«

Mit Hilfe der Dolmetscherin gelang es mir, die Kollegen in Udine dazu zu bringen, Severino Aroppa nach seinen Reiserouten durch Deutschland zu fragen. Demnach war er im Lauf der vergangenen Monate mehrmals unterwegs gewesen, anscheinend nicht nur in Deutschland. Im Dezember sei er von München aus zuerst nach Augsburg und dann weiter in den Norden gereist, mit Stationen in Pirmasens, Dortmund, Hannover und Hamburg. Auf die Frage, was er dort getan habe, erhielt ich zur Antwort: Er habe Urlaub gemacht. Was genau er im April in München getan hat, wussten meine Kollegen nicht, versicherten mir aber, sie würden sich erkundigen. Mit Aroppa persönlich zu sprechen, sei nicht möglich, da er zurzeit mit Grippe im Bett liege.

Ich schickte die Fotos und ein Blatt mit Informationen an die Dezernate der von Aroppa genannten Städte, erhielt aber keine nützlichen Informationen. Auch in Pirmasens, der Stadt, aus der die Familie Roos stammte, konnte mir niemand weiterhelfen.

Wenn Aroppa im vergangenen Dezember in München war, bedeutete das, er könnte seinen Vetter noch getroffen haben. Nach Angaben des Pathologen starb Grosso vor drei bis fünf Monaten. Hatten die beiden über die Jahre hinweg Kontakt? Wusste Grosso, wo Soraya sich aufhielt? Oder aufhält? Was wollte Aroppa dann später zwischen dem zwanzigsten und siebenundzwanzigsten April in der Stadt? Das würde heißen, er war nur drei Tage bevor die Leiche seines Vetters entdeckt wurde, abgereist. Welche Schlüsse mussten wir daraus ziehen? Die Pension lag in der Nähe des ehemaligen Bärenwirts, in dessen zerstörten Räumen Grosso starb.

Wenn Aroppa auf der Suche nach seinem Vetter war, warum wandte er sich nicht an die Polizei?

Es war Zeit aufzubrechen.

12

Uneinig, wohin wir gehen sollten, entschied ich mich für ein griechisches Restaurant in der St.-Martin-Straße, von wo aus ich im Gegensatz zu meinen beiden Begleitern in zehn Minuten zu Hause war. Wir aßen an einem Tisch auf dem Bürgersteig gegenüber einer Kneipe, in der früher namhafte Folk- und Bluesmusiker auftraten.

Wir teilten gerade die Vorspeisen – Weinblätter, Tsatsiki, Gemüse und Bohnen – unter uns auf, als Karl Funkel sagte: »Das ist keine Liebe, das ist Macht, Machtausübung. Und Unterwerfung möglicherweise.«

Ich hatte Martin Heuer nichts von meinem Gespräch mit Funkel erzählt und erklärte ihm jetzt, worauf der Satz anspielte.

»Es ist schlicht Unrecht«, sagte Martin und steckte die volle Gabel wie immer so schnell und so oft hintereinander in den Mund, als hocke der böse langschnablige Vorspeisenklauvogel auf seiner Schulter.

Ich sagte: »Es ist Unrecht aus der Sicht von Menschen, die bestimmt haben, was Unrecht ist.«

»Wir gehören zu diesen Menschen«, sagte Martin.

»Entschuldigt uns das?«, fragte ich.

»Ein Vater, der mit seiner Tochter schläft, übt Macht über sie aus«, sagte Funkel. »Er ist gewalttätig. Die Tochter hat keine Wahl.«

»Aber darum geht es nicht«, sagte ich.

»Nur darum geht es«, sagte Funkel. Er stocherte in den Dolmades und schob sie an den Tellerrand.

»Nein«, sagte ich. »Dieser Vater hat vielleicht keine Gewalt auf seine Tochter ausgeübt. Seine Tochter hatte vielleicht eine Wahl.«

»Woher willst du das wissen?«, fragte Martin.

»Ich weiß es nicht, ich vermute es.«

»Warum?«

»Du täuschst dich«, sagte Funkel. »Du vergisst die Mutter, sie wurde tablettensüchtig, sie ertrug die Situation nicht, sie sah, was ihr Mann seiner Tochter antat. Und sie war zu schwach, um sich zu wehren.«

»Warum hat sie sich nicht gewehrt?«, fragte Martin, der schon aufgegessen hatte.

»Ich weiß es nicht«, sagte ich. »Bleiben wir beim Vater und der Tochter …«

»Das können wir nicht«, sagte Funkel. »Wenn alles so harmonisch gewesen wäre, wie du sagst, hätte die Mutter keinen Grund gehabt, sich zu betäuben, Schuldgefühle zu bekommen, wegzusehen, Selbstmord auf Raten zu begehen.«

»Sie dachte wie du«, sagte ich. »Sie dachte, wie wir zu denken gewohnt sind. Sie sah ihren Mann und ihre Tochter, und was sie sah, war Unrecht, eine Schande, eine Sünde.«

»So ist es.«

»Das wissen wir nicht«, sagte ich.

Der Wirt räumte die Teller ab.

»Wir warten noch«, sagte ich.

»Kein Problem«, sagte der Wirt. Wir bestellten Bier und Martin einen Ouzo dazu.

»Weißt du, wie sehr die Tochter gelitten hat?«, sagte

Funkel. »Weißt du, wie es in ihrer Seele ausgesehen hat, als sie verschwunden ist? Weißt du, ob sie nicht genau deshalb verschwunden ist? Aus Schuldgefühlen, aus Ekel, aus Zorn? Weißt du das?«

»Sie war einundvierzig«, sagte ich. »Sie lebte zu Hause, sie hatte einen Beruf, sie war Sekretärin …«

»Sie hatte große psychische Probleme«, sagte Funkel. »Sie hat es nie lange an einem Arbeitsplatz ausgehalten, sie war gestört, sie kam mit Männern nicht zurecht, sie spielte sie gegeneinander aus, sie benutzte sie, sie gab einen Mord in Auftrag, sie war vollkommen unberechenbar.«

»Trotzdem kann sie ihren Vater mehr geliebt haben als jeden anderen Mann«, sagte ich.

»Glaubst du, sie haben noch miteinander geschlafen?«, fragte Martin.

»Ja«, sagte ich.

Funkel kratzte sich an der Oberkante der Augenklappe und lockerte die Krawatte und rang nach Worten. Meine rasche Antwort empörte ihn. »Nein«, sagte er. »Nein, so können wir nicht weiterreden. Worauf willst du hinaus? Entschuldigst du diesen Mann? Sprichst du ihn frei von der Schuld, die er auf sich geladen hat?«

»Die Schuld, die du meinst, ist eine katholische Schuld«, sagte ich.

»Das ist mir egal«, sagte Funkel laut und nickte in Richtung der Gäste, die irritiert zu uns hersahen. »Es ist die Art Schuld, die ich ernst nehme. Wenn du sie katholisch nennen willst, tu das. Es ist aber unwichtig, ob du sie so nennst. Es bleibt Schuld. Es gibt keine Entschuldigung dafür, wenn ein Vater seine Tochter missbraucht.«

»Vielleicht hat er sie nicht missbraucht«, sagte ich.

»Bist du betrunken?«, sagte er, bemüht, seine Stimme zu zähmen. »Ein Erwachsener darf seine Kinder nicht in eine sexuelle Abhängigkeit bringen, das ist strafbar, das ist Unrecht, und das ist jenseits jeglicher Moral.«

»Emanuel Roos ist anderer Meinung«, sagte ich.

»Dann ist er ein Verbrecher«, sagte Funkel.

»Du behauptest, die Tochter hat sich ihrem Vater freiwillig hingegeben«, sagte Martin. »Und was die beiden verbunden hat, sei Liebe gewesen, Liebe wie zwischen einem fremden Mann und einer fremden Frau.«

»Ja«, sagte ich. »So hat er es dargestellt. Du hast es selber gehört.«

»Wie soll er es denn sonst darstellen«, sagte Funkel mit einer heftigen Geste, die beinah einen Passanten getroffen hätte, der sein Fahrrad an die Hauswand lehnte.

»Er hatte keinen Grund, mir seine Geschichte zu erzählen«, sagte ich. »Er hatte keinen Grund zu lügen. Nach all den Jahren.«

»Warum hat er es dann getan?« Funkel unterbrach das Stopfen seiner Pfeife und warf sie auf den Tisch. Dann stand er auf, zögerte, ging ein paar Schritte, kam zurück, setzte sich, kratzte sich an der Augenklappe und trank.

Wir schwiegen.

»Soraya begehrte ihren Vater«, sagte ich. »Und ich werde es beweisen. Ich werde sie fragen.«

»Inzwischen bist du dir sicher, dass sie noch lebt?«, sagte Martin. Er winkte dem Kellner und bestellte einen weiteren Ouzo und ein Bier.

»Wir haben diesen Fall so falsch eingeschätzt«, sagte ich. »Warum sollte sie nicht mehr leben?«

»Und wo?«

»In diesem Dorf. In dem Dorf, wo Grosso gelebt hat und Aroppa immer noch lebt.«

»Und was macht sie da?«, fragte Martin.

»Ich weiß es nicht«, sagte ich.

»Du weißt es nicht«, sagte Funkel. »Du weißt es nicht! Du verteidigst diesen Mann! Du hast nichts als seine Behauptungen. Du verteidigst einen Kinderschänder. Das ist meine Meinung und meine Auffassung zu diesem Thema. Du bist Polizist. Wenn auch nur ein Nebensatz von dem, was du hier sagst, an die Öffentlichkeit kommt, dann können wir uns beide im Arbeitsamt anstellen. Dann wird es heißen, ich hätte einen Pädophilen in meinem Dezernat geduldet.«

»Hältst du mich für einen Pädophilen?«, fragte ich.

Funkel stopfte die Pfeife, zündete sie an, blies den Rauch zur Straße hin, wich meinem Blick aus, bis er genug davon hatte. »Bist du einer?«

»Nein«, sagte ich.

»Da ist keine Liebe, und wenn du das nicht begreifst, tust du mir leid. Dann hast du dich nämlich außerhalb der Gemeinschaft begeben, außerhalb von uns allen.« Er deutete mit dem Arm vage zu der Häuserfront auf der anderen Seite.

»Oder wir sind außerhalb der Liebe«, sagte ich.

Nachdem wir die Gläser leer getrunken hatten, saßen wir schweigend da und sahen dem alternden Abend zu, wie er unsere Schatten aufsammelte.

»Das wäre unvorstellbar«, sagte Martin. »Außerhalb der Liebe zu sein.«

»Das sind wir auch nicht«, sagte Funkel, der sich zur Seite gedreht hatte und mich nach wie vor nicht ansah.

»Nein«, sagte ich. »Aber dass ein Vater seine Tochter nicht begehren *darf*, ist eine unerfüllbare Forderung, sie ist unsinnig, genau wie das Zölibat.«

»Ich weigere mich, das eine mit dem anderen zu vergleichen«, sagte Funkel.

»Ich weigere mich nicht«, sagte ich. »Wir sprechen von Begehren und von Liebe …«

»Man kann lieben, ohne zu begehren, du Neandertaler«, sagte Funkel zur Straße hin.

»Aber wozu?«, sagte ich. »Was ist dieses Lieben dann? Eine Simulation des Gehirns? Eine kontrollierte Gefühlsdosis? Eine Nettigkeit des Herzens?«

Funkel wandte sich mir zu. »Glaubst du, ein Priester muss ficken, um sich zu legitimieren, einen Kranken oder einen Verzweifelten zu lieben? Ist das deine Einstellung?«

»Nein«, sagte ich. »Aber wenn es das Zölibat nicht gäbe, müsste die Kirche Priester, die Kinder missbrauchen, nicht zwanghaft beschützen wie kleine Sünderleins. Das ist Macht. Das ist Abhängigkeit. Das ist Gewalt. Ich spreche keine Männer frei, die ihre Kinder misshandeln und missbrauchen, und auch die Mütter nicht, die zusehen, ich verurteile sie alle, und ich schwöre, ich verurteile sie härter als mancher Richter, vor den sie kommen, wenn sie überhaupt angeklagt werden. Aber ich weigere mich, darüber zu urteilen, welche Liebe die wahre ist. Ich weiß es nicht, und du weißt es auch nicht.«

»Falsch«, sagte Funkel. »Ich weiß es.«

Martin gab dem Kellner ein Zeichen, drei Biere und einen Ouzo zu bringen.

»Der Missbrauch der Priester an Kindern ist genauso abscheulich wie das, was Emanuel Roos und seinesgleichen tun«, sagte Funkel. »Und wenn du die Tochter finden solltest, was ich bezweifle, wirst du sehen, dass ich recht habe. Du wirst einen gebrochenen, verstörten, einsamen Menschen vor dir haben, ein ausgehöhltes Wesen, keine Frau mehr, ein verhutzeltes Kind, aus der Welt gestoßen, und du weißt, von wem.«

»Vielleicht«, sagte ich.

»Ich möchte noch etwas essen«, sagte Martin. Beim Kellner, der die Getränke brachte, bestellte er ein Gyros mit Salat und zur Sicherheit einen vierten Ouzo.

»Vermutlich hat dieser Mann seine Frau in den Selbstmord getrieben«, sagte Funkel. »In dieser Familie hat deine Form von Liebe zu Selbstmord, Inzest und spurlosem Verschwinden geführt.«

»Es ist nicht meine Form von Liebe«, sagte ich, und diesmal war meine Stimme laut. »Niemand hat eine eigene Form von Liebe, die Liebe braucht uns nicht, sie existiert. Das ist ja das Ungeheuerliche, wir versuchen, sie zu definieren, einzugrenzen, wir stellen sie auf religiöse und ethisch-moralische Stelzen, und dann schauen wir zu ihr auf und begreifen sie nicht. Wenn wir Inzest mit Vergewaltigung gleichsetzen, dann deshalb, weil unsere Gesetze so sind und wir die Gesetze achten. Was wir Liebe nennen, hat dabei keine Bedeutung. Wir verurteilen die Gewalt und bestrafen den Täter, und wir bemühen uns um Gerechtigkeit für die Opfer, aber wir haben keine

Macht über die Liebe. Sie ist stärker als wir, genau wie die Gewalt. Aber anders als die Gewalt können wir die Liebe nicht verurteilen, im Gegenteil: Wir sind verurteilt, uns ihr zu unterwerfen, bedingungslos. Und nichts anderes haben Soraya und Emanuel Roos getan.«

»Nein«, sagte Funkel. »Nein.«

Martin hob sein Glas und sagte: »Möge es nützen.« Und wir tranken und sahen über die Straße, und unsere Blicke irrten durch die Dämmerung und prallten an den Häuserwänden ab. Dann brachte der Kellner Martins Gyros.

Kurz darauf sank aus einem offenen Fenster über dem Lokal ein Song von Hank Williams auf uns herab, gesungen von Townes van Zandt. Martin legte das Besteck neben den Teller und fing nicht wieder zu essen an.

I'm a rollin' stone all alone an' lost / For a life of sin I have paid the cost / Now when I pass by all the people say / Just another guy on the lost highway …

Am nächsten Tag fuhren Martin und Sonja Feyerabend mit dem Auto ins Friaul, ich brach in der darauffolgenden Nacht mit dem Zug in Richtung Venedig auf.

13

Obwohl die italienischen Kollegen erklärt hatten, Severino Aroppa liege mit Grippe im Bett, gelang es uns zwei Tage lang nicht, das Haus ausfindig zu machen, in dem dieses Bett stand. Als hätten sich die Dorfbewohner gegen uns verschworen und als spreche oder verstehe keiner von ihnen auch nur ein einziges deutsches Wort, zogen Martin und ich Stunde um Stunde durch die Straßen, kamen an immer wieder denselben verschlossenen Türen und Fenstern vorbei, an denen die Rollos heruntergelassen waren, befragten Frauen, die im Garten arbeiteten, indem wir ihnen die Namen Aroppa und Soraya nannten und uns in gebrochenem Italienisch nach deren Adresse erkundigten. Hunde sprangen an mir hoch, bellende Köter, deren Besitzer bloß mit den Achseln zuckten und uns stehen ließen, nachdem sie ihre Hunde zurückgepfiffen hatten.

Am Mittag des zwölften Juni, zwei Tage nach meiner Ankunft in Tissano, musste Roderich Hefele zu einer Besprechung mit Kommunalpolitikern nach Triest, seine Frau und seine vierjährige Tochter blieben in der Villa. Sonja Feyerabend fragte den Architekten, ob er sie mitnehmen würde, und er hatte nichts dagegen.

Martin hatte den Vormittag mit dem Studium von Reiseprospekten verbracht, in manchen Zeiten las er nichts anderes, abgesehen von Dienstprotokollen. Ich war eine Stunde durch den drei Hektar großen Park spaziert, gelegentlich verfolgt von Erna und Liesl, aber ich hängte sie ab. Dann sah ich einem kleinen Kind und dessen Eltern zu, wie sie durch den ovalen Swimmingpool neben der ehemaligen Orangerie strampelten, sich einen Ball zuwarfen und Vergnügung praktizierten. Vor der Scheune scheuchte der Hahn seinen Harem vor sich her, und als ich näher kam, sprang er mehrmals in die Höhe, vielleicht aus Freude, mich zu sehen. Mr Dober und sein Schatten, die weiße Birba, rannten in regelmäßigen Abständen quer über den Kies und stifteten Unfrieden in der Geflügelgemeinde.

In einem Teich sprangen Frösche herum, Papageien flogen in ihren Volieren auf, und je länger ich dahinschlenderte, den Duft des gemähten Grases einatmete, im Vorbeigehen mit der Hand über Sträucher und Schilf strich, desto tiefer versank ich in einer Stille, die mir fremd war und dennoch gefiel, die mich beinah vergessen ließ, weshalb ich hierhergekommen war. Und für eine Weile dachte ich nicht mehr an die Dinge, die ich erfahren hatte, seit der Tote in der Bruchbude gefunden worden war, ich durchquerte den weitläufigen Park, blieb im Schatten der alten Bäume stehen, und der Anblick der grünen wohlgeordneten Landschaft erfüllte mich mit ungewohnter Freude. Es war tatsächlich Freude, was ich an diesem Vormittag empfand, eine geheime unbändige Freude, die ich mir nicht erklären konnte.

Was für ein lächerlicher Schwur, dachte ich, an einen unerschütterlichen Ahornstamm gelehnt. Ich legte den Kopf in den Nacken und schloss die Augen und drückte die Hände flach und fest gegen die Rinde. Und zum ersten Mal nach jenem Sonntag, an dem ich sechzehn Jahre alt war und mein Vater spurlos verschwand, hielt ich es für möglich, dass es einen Ort gab, an dem ich unverloren sein könnte, länger als einen Moment.

Das hielt ich wirklich für möglich, an einen verdammten Baumstamm gelehnt, mitten in einer Gegend, bei der an den Rändern nur noch die gestrichelten Linien zum Ausschneiden und Einkleben fehlten.

Ich ging zur Rezeption und schenkte mir ein Glas Weißwein ein. Und anschließend ein zweites. Und in diesem Moment kam Tina Hefele herein, in Shorts und einem weißen T-Shirt mit dem Aufdruck »Lisbeth«.

»Jetzt lernen wir uns endlich mal persönlich kennen«, sagte sie. »Ich bin Frau Hefele.«

Sie streckte mir die Hand hin, die kalt war.

»Möchten Sie ein Glas?«, fragte ich.

Die drei Hunde schlichen um Frau Hefeles braun gebrannte Beine und wedelten mit dem Schwanz oder dem, was davon übrig war, wie bei Mr Dober, der, als Schritte auf dem Kies zu hören waren, bellte. Tina, die ich auf Mitte dreißig schätzte, schlug dem Hund leicht auf den Kopf, und er verstummte. Es schien, als wären die drei Hunde nicht gerade ihre Lieblingsgeschöpfe.

»Das ist ja eine kulturträchtige Gegend hier«, sagte Martin, der hereingekommen war, nahm ein Glas aus dem Schrank und schenkte sich ein.

»Mein Mann isch ganz begeischtert«, sagte Tina Hefele.

Ich sagte: »Und Sie?«

»Bitte?«, sagte sie.

»Sind Sie auch begeistert?«

»Natürlich.«

»Möge es nützen«, sagte Martin, erhob sein Glas und trank.

»Kennen Sie einen Mann mit dem Namen Severino Aroppa?«, sagte ich.

An einem kleinen Tresen, hinter dem ein Büroraum lag, zeichnete Tina Hefele Rechnungen ab.

»Isch das der, den Sie suchen?« Sie legte einen der Zettel beiseite und schüttelte den Kopf.

»Vor allem suchen wir eine Frau, Soraya Roos.«

Birba, die Weiße, fläzte sich aufs Sofa und stieß einen Seufzer aus. Vielleicht war es auch ein Schnaubzer.

»Hier bei uns?«, fragte Frau Hefele.

»Ja«, sagte ich.

»Mein Mann sagt, er kennt ihn nicht näher, er ist manchmal zu uns gekommen und hat mit meinem Mann über die Renovierung von Häusern gesprochen. Wir haben ja in dieses Anwesen schon viel reingesteckt, das können Sie sich vorstellen, Geld, Zeit, Ideen. Mein Mann hat dieses Landhaus entdeckt, auf einer seiner Reisen vor vielen Jahren, und er wollte es sofort besitzen, so ist er. Entschuldigen Sie mich.«

Sie ging ins Büro, suchte einen Aktenordner heraus, verglich darin etwas mit einem Bogen, den sie vom Tresen mitgenommen hatte, und kam wieder zurück.

»Haben Sie mal mit Severino Aroppa gesprochen, Frau Hefele?«, fragte ich.

»Sicher«, sagte sie. »Mein Mann hat uns vorgestellt. Aber ich bin keine Architektin, ich verstehe einiges von Steuerrecht, ich hab Betriebswirtschaft und Jura studiert, nicht zu Ende, leider. Ich hab geheiratet und ein Kind bekommen, Sie haben sie bestimmt schon gesehen, Lisbeth. Im Augenblick schläft sie, sie ist auch ein bisschen krank, ich hab sie wahrscheinlich mit meiner Grippe angesteckt, die Arme.«

»Sie wissen sicher auch nicht, wo Signor Aroppa wohnt«, sagte ich.

»Nein«, sagte sie.

»Haben Sie ihn nie gefragt?«

»Nein, so etwas macht man nicht.«

»Wissen Sie, ob er einen Cousin hat?« Ich konnte mir die Antwort selbst geben.

»Nein«, sagte sie. Und während sie ein paar Zahlen auf einen Block schrieb, fügte sie hinzu: »Unser Verwalter, Herr Fadini, geht mit ihm öfter mal einen trinken, haben Sie den schon verhört?«

»Wir verhören niemanden«, sagte Martin. »Verhöre gibt es bei der Polizei nicht.« Das war einer seiner Spezialsätze. In seiner Laufbahn, die ich lückenlos begleitete, hatte er diese Erklärung schon mindestens siebentausendmal abgegeben.

»Aber Sie verhören doch Leute, wenn die zum Beispiel einen Mord begangen haben«, sagte Frau Hefele abwesend.

»Wir vernehmen sie«, sagte Martin.

»Das klingt natürlich besser.« Ich hatte mich geirrt: Sie war nicht abwesend, sie war abweisend.

»In welche Bar gehen die Einheimischen gern?«, fragte ich. »Zu Walter?«

»Einige gehen zu Walter.«

Aber nicht Signor Fadini, der ging in eine Bar ein paar Kilometer weiter südlich.

»Gefällt es Ihnen hier?«, fragte Frau Hefele und sah uns beide mit geschäftlicher Freundlichkeit an.

»Ja«, sagte ich.

»Ja«, sagte Martin.

»Das freut mich. Und es wäre mir lieb, wenn Sie unsere Gäschte nicht mit Fragen beläschtigen würden, die wollen hier ausspannen, Kultur kennenlernen, in Ruhe im Garten sitzen und essen und einen schönen Wein trinken. Bitte reschpektieren Sie das.«

»Selbstverständlich«, sagte ich.

»Das isch nett.«

Wir folgten unserer Intuition. Wir redeten uns ein, unserer Intuition zu folgen. Das Herumsitzen, Herumlaufen, Herumfragen zermürbte uns. In diesem Dorf lebten nicht einmal tausend Einwohner, und wir schafften es nicht, einen bestimmten von ihnen ausfindig zu machen, noch dazu einen, der als ehemaliger Architekt gewiss hohes Ansehen genossen hatte, fast jeder im Ort musste ihn kennen. Wie Fadini und Roderich Hefele. Aber auch die Bekanntschaft mit diesen beiden Männern brachte uns nicht voran, sie blockierte uns vielmehr.

Also unterbreitete ich Martin meinen Plan. Da er keinen besseren hatte, machten wir aus auf den Weg. Sonja hatte uns erlaubt, wann immer wir es benötigten, ihr Auto zu benutzen, falls sie damit nicht gerade in die Hügel fahren wollte.

Wir parkten an der Straße, in der prallen Sonne. So

hatten wir den besten Blick auf die Bar, in der wir mit Luigi Fadini gewesen waren. Es war nur ein Versuch, und wir brauchten nichts zu tun, als zu schauen. Wir hatten zwei Flaschen Mineralwasser mitgenommen, die wir zügig austranken, bevor das Wasser anfing zu kochen.

Nichts passierte. Es war Nachmittag, gegen halb drei. Siesta. An der offenen Bartür hing ein Vorhang aus bunten Plastikstreifen. Ich musste an Emanuel Roos denken, der Verdunkelungen verkauft hatte, vermutlich zählten auch solche Lamellen dazu, selbst wenn sie nicht gerade viel Dunkelheit verbreiteten.

Niemand war unterwegs. Kein Auto kam an uns vorüber. Außer unserem Wagen standen noch zwei weitere auf den schrägen Parkplätzen. An der Ecke gegenüber der Bar war ein Fotoladen, in den niemand hineinging und aus dem niemand herauskam. Dieser Ort war noch kleiner als Tissano, er lag auf dem Weg nach Palmanova, wo Sonja Getränke und Süßigkeiten einkaufte und auf dem Marktplatz Eis aß, wie sie uns erzählt hatte. Wir sollten sie mal begleiten, sagte sie, und wir meinten, wir würden es uns überlegen.

»Wir haben jemanden vergessen«, sagte Martin, dem es sogar zu heiß zum Rauchen war. Allerdings war Rauchen in Sonjas Auto verboten.

»Wen?«

»Den Pfarrer.«

Das stimmte. Zwar hatten wir mehrmals versucht, in die Kirche zu gehen, aber die Tür war jedes Mal abgesperrt. Das Pfarrhaus hatten wir nicht gefunden und dann den Priester wieder vergessen.

»Wir gehen heut Abend noch mal hin«, sagte ich.

Martin streckte kurz den Kopf zum Fenster hinaus, was ich aufgegeben hatte, es war, als würde man den Kopf in einen Backofen stecken. Ich schloss die Fenster und schaltete die Klimaanlage ein, wissentlich zwecklos.

Dann hielt ein alter schwarzer Fiat in der schmalen Straße neben der Bar. Ein Mann stieg aus, der gebückt ging und einen weißen Schlapphut trug, den er vor der Tür abnahm. Nur für drei Sekunden hatte ich sein Gesicht gesehen, und ich hatte keinen Zweifel. Es war Severino Aroppa.

»Wo ist der hergekommen?«, fragte Martin.

»Von der Hauptstraße.«

Der Fiat war so unerwartet aufgetaucht, als wäre er aus der stehenden Hitze destilliert.

Eine halbe Stunde passierte nichts. Vereinzelt tauchten Passanten auf, ausschließlich Frauen mit Einkaufstaschen, die nah an den Häuserwänden gingen.

Unser Plan war, abzuwarten. Nichts zu überstürzen und vor allem keinen Druck mehr auszuüben. Die Kollegen in Udine hatten wir über unsere Dienstreise nicht informiert, früher oder später würden sie davon erfahren, und dann gingen vermutlich auch die letzten Jalousien an den Fenstern herunter.

Eigenartigerweise glaubte ich die ganze Zeit nicht, dass wir einem Verbrechen auf der Spur waren, das jemand, womöglich ein ganzes Dorf, vertuschen wollte. Ich konnte nicht erklären, warum, aber es kam mir vor, als würden uns die Leute nicht böswillig abwimmeln, sondern als hofften sie, wir würden von alleine etwas herausfinden, das sie selbst seit langer Zeit in Gedanken verfolgte. Doch ihr tief empfundenes Verständnis für die Privatsphäre anderer und eine unbestimmbare religiöse Furcht vor finsteren menschlichen Wahrheiten hinderten sie daran, indiskret zu werden. Martin hielt die Dorfbewohner vor allem für stur und verbockt, und er hatte bestimmt nicht unrecht damit.

»Da ist er wieder«, sagte er.

Vor der Tür setzte Severino Aroppa seinen weißen Hut auf und hob den Kopf. Die Sonne schien ihm direkt ins Gesicht. In der Hand hielt er eine Plastiktüte mit mehreren Flaschen, deren Verschlüsse zu sehen waren.

»Du wartest hier einfach«, sagte ich zu Martin. Wir hatten beschlossen, ich sollte Aroppas Verfolgung übernehmen, bei Martins Fahrweise war das Risiko zu groß, dass der Architekt ihn abhängte.

Martin stieg aus. Der Fiat überquerte die Kreuzung vor der Bar und fuhr in die Richtung, aus der wir gekommen waren.

Anders als in einer Stadt konnte ich hier auf dem Land einen großen Abstand halten, sehr günstig. Von meinen ersten Einsätzen an war ich ein lausiger Verfolger gewesen, alle fünfzig Meter bildete ich mir ein, vom Objekt enttarnt zu werden. Zum Glück musste ich, als ich noch in der Mordkommission arbeitete, selten am Schütteln teilnehmen, wie das abwechselnde Verfolgen eines Fahrzeugs genannt wurde.

Auch wenn der Lancia, in dem ich saß, ein deutsches Kennzeichen hatte, rechnete ich nicht damit, dass Aroppa stutzig werden würde. In Tissano ließ er die Villa Hefele links liegen, fuhr um sie herum und bog in eine enge unbefestigte Straße ein, die Via Fossalon hieß. Martin und ich waren in dieser Straße schon gewesen, sie endete an einem Maisfeld. Ich stellte den Motor ab und stieg aus.

Aroppa stellte den Fiat auf der Wiese neben einem unverputzten einstöckigen Haus ab. Vor den Fenstern im Erdgeschoss waren die Läden geschlossen, im ersten Stock die Jalousien heruntergelassen. Zur Eingangstür führten zwei Steinstufen, darüber war ein karger Balkon, an dessen Geländer ein Blumenkasten mit roten Geranien hing.

Unter der hohen Tanne mit dem weißen Stamm, die direkt vor dem Haus stand, stellte Aroppa die Plastiktüte ab und wischte sich den Schweiß von der Stirn. Er zog einen Schlüsselbund aus der Tasche, sperrte die Tür auf und wandte den Kopf nach rechts.

Ich war der einzige Mensch weit und breit.

Noch dazu hatte ich ein weißes Hemd an, das das Sonnenlicht reflektierte. Aroppas Blick dauerte nur einen Moment, aber in der trägen schweren Luft schien er doppelt so lang zu dauern.

Dann war er im Haus verschwunden. Ich wartete unter einem gewaltigen Ahorn, dessen Schatten über den Bach fiel, der neben der Straße floss.

Unter dem Dach des Hauses war eine altmodische Bogenlampe angebracht, und auf dem Dach prangte eine Satellitenschüssel. Wenn ich nicht gesehen hätte, dass jemand hineingegangen war, hätte ich gedacht, das Haus sei unbewohnt. Zweimal waren Martin und ich daran vorbeigegangen, nie stand eines der Fenster oder die Tür offen, und jetzt erinnerte ich mich, dass schon vorgestern, bei unserem ersten Besuch, der schwarze Fiat auf der Wiese gestanden hatte. Das Haus befand sich direkt gegenüber dem Park der Villa Hefele, dazwischen nur die Straße, der Bach und ein Zaun. Es war unmöglich, dass Roderich Hefele nicht wusste, wer in seiner unmittelbaren Nachbarschaft wohnte. Und er wusste es ja auch, er redete nur nicht darüber.

Etwa eine Stunde bewegte ich mich nicht von der Stelle. In der Zwischenzeit würde Martin sich mit dem Wirt in der Bar unterhalten, da war ich mir sicher. In der Avernasprache würde er ihn dazu bringen, ein paar Brocken Deutsch aus der Tiefe seines Gedächtnisses zu fördern.

Dann ging ich über die Straße und klopfte an die zweiflügelige Holztür. Zwei rechteckige Scheiben waren darin eingelassen, durch die man nicht hindurchsehen konnte. Ich klopfte an das Glas. Vor der Tür lag ein verwitterter Fußabstreifer.

Eine Stimme sagte etwas auf Italienisch.

»Ich verstehe Ihre Sprache nicht«, sagte ich, den Mund nah am Glas. »Signor Aroppa? Ich bin Tabor Süden, ich arbeite auf der Vermisstenstelle der Münchner Kriminalpolizei.«

Auf der anderen Seite der Tür war es still.

»Ich bin froh, Sie gefunden zu haben, Signor Aroppa«, sagte ich. »Ich habe eine schlechte Nachricht für Sie. Verstehen Sie mich?«

»Was für eine schlechte Nachricht?«, sagte Aroppa.

»Sie sprechen Deutsch, da habe ich Glück«, sagte ich. »Bitte machen Sie die Tür auf!«

»Was für eine schlechte Nachricht?«, wiederholte er mit starkem italienischem Akzent.

»Ihr Vetter ist gestorben.«

Er erwiderte nichts.

»Er ist verhungert.«

Dann, nach einer langen Pause: »Das weiß ich.«

Also hatten meine italienischen Kollegen ihn informiert. Aber warum hatte er sich dann nicht bei uns gemeldet oder die örtliche Polizei gebeten, sich mit uns in Verbindung zu setzen?

Ich hörte den Schlüssel im Schloss. Aroppa öffnete die Tür. Er hatte sich umgezogen, jetzt trug er ein beiges Baumwollhemd, das über die dunkle Hose hing. Seine Haare waren sehr kurz und grau, und er hatte ein rissiges Gesicht. Ich schätzte ihn auf Anfang siebzig. An den nackten Füßen hatte er blaue Plastikschlappen.

»*Buon giorno*«, sagte ich.

»*Buon giorno.*«

Hinter ihm war es dunkel und kühl, und es roch nach Essen, Gemüse in Öl vielleicht, ich bekam sofort Hunger.

»Warum haben Sie sich nicht gemeldet?«, sagte ich.

»Ich war verreist«, sagte er. »Ich habe erst vor ein paar Tagen vom Tod meines Vetters erfahren.«

Ich schwieg. Aus dem Haus kam kein Geräusch. Ich lauschte, so gut ich konnte. »Wollen wir spazieren gehen?«

»Nein«, sagte er.

»Ich möchte mit Ihnen reden. Ich möchte mit Ihnen

über Ihren Vetter sprechen und über Soraya Roos. Und über die Vergangenheit und was davon übrig ist.«

»Nein«, sagte er.

»Sie haben viele Freunde hier im Dorf«, sagte ich. »Niemand hat Sie verraten, niemand hat etwas erzählt, Sie sind ein geachteter Mann. Sogar Signor Fadini sagte uns nur das Allernötigste. Und was immer Sie mir und meinem Kollegen erzählen, bleibt unter uns, wenn Sie das wünschen. Ich habe Sorayas Vater versprochen, die Suche nach seiner Tochter nach zehn Jahren noch einmal aufzunehmen, deswegen bin ich hier. Und wäre Ihr Vetter nicht gestorben, würden wir weiter davon ausgehen, dass Soraya tot ist, wir hätten keinen Grund, etwas anderes anzunehmen.«

Er zeigte keine Reaktion. Gebückt stand er vor mir, beide Hände in den Hosentaschen, mit müden Augen, wie jemand, der zu lange in die Finsternis geblickt hatte und sich jetzt wunderte, wo das Licht herkam.

»Warum ist Ihr Vetter verhungert, Signor Aroppa?«, sagte ich.

Er brauchte Zeit für eine Antwort. Wir sahen uns an, und dann sahen wir weg.

»Nein«, sagte er. »Alles, was ich möchte … ich möchte den Leichnam meines Vetters herbringen. Hierher. Ist das erlaubt?«

»Natürlich.«

»*Grazie.*«

»Ich wohne in der Casa Hefele, das wissen Sie bestimmt. Dort warte ich auf Sie. Ich werde nicht eher abreisen, bis Sie mit mir gesprochen haben, bis ich weiß, was mit Soraya geschehen ist. Ich werde nicht abreisen. Ich werde warten. Kommen Sie, wann Sie möchten. Außer meinem Kollegen, der auch mein bester Freund ist, werde ich niemandem von unserer Begegnung erzählen. Ich bitte Sie zu kommen.«

Mit einem letzten reglosen Blick drehte er sich um und schloss die Tür hinter sich.

Zwei Tage darauf, am späten Nachmittag des vierzehnten Juni, an einem Tag, an dem der Himmel bedeckt war und ein kühler Wind wehte und die Wolken immer dunkler wurden, klopfte es an der Tür meines Zimmers.

»Ich bin da«, sagte Severino Aroppa. In einer Plastiktüte hatte er eine Flasche Grappa und drei Gläser mitgebracht.

Als ich nach meinem ersten Treffen mit Aroppa in die Bar zurückgekehrt war, um Martin abzuholen, hatte dieser keinen Schluck Averna getrunken und auch sonst nichts, nicht einmal einen Espresso. Zwei Carabinieri hatten sich rechts und links neben ihm postiert und versucht, ihn zum Sprechen zu bringen, was ihnen nicht gelang. Martin hatte sich sogar geweigert, ihnen seinen Dienstausweis und seine Marke zu zeigen. Er behauptete, er sei Tourist, und hatte seinen Pass auf den Tresen gelegt. Einer der Kollegen sprach ein wenig Deutsch, aber Martin antwortete trotzdem nicht.

»Warum warst du so stur?«, fragte ich ihn, als wir im Auto saßen, nachdem wir unsere Dienstausweise vorgezeigt hatten. Dazu hatte ich den Carabinieri erklärt, wir hätten mit ihren Kollegen in Udine Kontakt aufgenommen, wären auf der Suche nach einer verschwundenen Frau und würden ansonsten keine Kompetenzen überschreiten.

»Ich mag keine Uniformen«, sagte Martin.

Den nächsten Tag verbrachten wir im Park der Villa und tranken abends mehrere Flaschen gekeltertes Abendrot.

»Ich an eurer Stelle«, sagte Sonja Feyerabend, mit der wir unter den Kiwistauden saßen, beobachtet von den drei Hunden, die gleichzeitig den Hahn in Schach hielten, der wiederum seinen schlaftrunkenen Harem bewachte, »hätte etwas Angst vor dem, was der Mann erzählen könnte.«

Ich hatte Angst, aber das sagte ich ihr nicht.

14

In der zunehmenden Leere der Flasche lag meine Zuversicht. In den ersten zwei Stunden seines Besuchs hatte Severino Aroppa von alltäglichen Dingen geredet, er hatte Martin und mich nach unserer Arbeit befragt, nach Alltagsdingen, und vor allem Martin hatte ihm geantwortet, weil ich glaubte, mein Beitrag sei das Schweigen. Und daneben tranken wir Grappa, ein Getränk, das Martin und ich selten anrührten, nur unter Zwang und wenn sonst überhaupt nichts mehr half.

Aber Aroppa schenkte uns ein und hob sein Glas, ohne uns in die Augen zu sehen, und trank.

»Wir sind auch für unbekannte Tote zuständig«, sagte Martin. »Und so beschäftigten wir uns mit Ihrem Vetter.«

»Francesco«, sagte Aroppa, als müsse er sich den Namen einprägen. »Francesco. Ein Weltreisender, Reisender in die Welt, in der Welt?«

»Egal«, sagte ich.

»Egal«, sagte er. »Deutschland, Schweden, Frankreich, Österreich. Aber …« Erst brauchte er wieder einen Schluck Grappa, er trank in kleinen Schlucken und behielt das Glas in der Hand. »Aber … kein Beruf. Keine Ausbildung, nur ein … Traum, nein … ein Wunsch. Mein Vetter war ein Wunschmensch, er bestand aus Wünschen, nicht aus Wirklichkeit. Wirklichkeit?« Er nippte an seinem Glas.

»Kleiner Junge …« Er streckte den Arm aus und zeigte ungefähr einen Meter Höhe an. »So … Wunsch, im Luftballon um die Welt, im Ballon in der Luft …«

»In einem Heißluftballon«, sagte ich.

»Ballon, Hauptsache Ballon, egal ob Heißluft oder normale Luft. Mit Ballon um die Welt. Ein Wunschmensch.«

»Und seine Eltern?«, sagte ich. »Erfüllten sie ihm einige seiner Wünsche?«

»Keinen. Arme Eltern, sein Vater, der Bruder meines Vaters, ging weg, Mutter hatte keine Zeit, musste arbeiten, viel arbeiten, in Wäscherei, in Kaufhaus später, Francesco war viel allein als Kind, allein auf der Straße. Er ist bald auch weg wie sein Vater, nach Bozen, in eine Fabrik, er arbeitete hart, er hat mir Karten geschrieben, viele Karten, seiner Mama nicht, mir viele Karten. Er wollte unterwegs gehen, nicht an einem Ort bleiben, da arbeiten, da arbeiten, ich sagte zu ihm, das ist schlecht, du brauchst ein Zuhause, er sagte, zu Hause ist alt sein. Zu Hause ist alt sein.«

Er goss Schnaps in sein Glas, schaute unsere Gläser an, die noch halbvoll waren, und schraubte den Deckel zu. Das tat er jedes Mal, wenn er nachschenkte.

»Ich hab immer gewusst, wo er ist, immer. Auch in München. In München, da ist er lange gewesen, länger als überall woanders, München, hat er gesagt, ist wie Italien. Entschuldigen Sie, Italien ist in Italien und nirgendwo sonst? Nein?«

»Sie haben recht«, sagte ich.

»Ja«, sagte er. »Aber mein Vetter Francesco … München! Und Soraya.« Er wollte trinken, aber dann setzte er das Glas ab, warf mir einen schnellen Blick zu und lehnte sich zurück. Er saß in dem blauen Sessel mit den breiten Lehnen.

»Gewitter«, sagte er. »Heute Gewitter.«

Ich schwieg. Martin saß Aroppa auf der Couch gegenüber, ich auf einem Holzstuhl, vornübergebeugt.

»Seine Liebe«, sagte ich.

»*Sì*«, sagte er. »Liebe und … und Vergottung, Vergottung?«

»Vergöttlichung?«, sagte ich.

»Vergöttlichung? Schweres Wort, schweres Tun. Soraya. Er schrieb mir Karten, jede Woche, von München, ich wusste, wie München aussieht, bevor ich dort war, von Ansichtskarten. Nicht sehr italienisch, entschuldigen Sie. Bier, große … große Frauenbrüste, Bärte … Auf dem Kopf, auf dem Hut …«

»Gamsbärte«, sagte ich.

»Gamsbärte«, sagte er. Nachdem er getrunken hatte, zog er die Lippen nach innen und senkte den Kopf. Seine Augen blickten noch müder als beim ersten Mal, und er trug einen Leinenanzug, dessen Glanzzeit vorüber war.

»Haben Sie auch mal in Deutschland gelebt?«, fragte Martin.

Am Anfang hatte Aroppa uns erzählt, seine Eltern, wohlhabende Mediziner, hätten zu Hause oft Deutsch gesprochen, wegen der Großmutter, die aus Österreich stammte, und seien im Herbst öfter nach Bayern oder nach Sylt gefahren.

»Nein, nicht in Deutschland«, sagte Aroppa. »In Wien, zwei Jahre, ich habe Deutschland besucht, war auf Kongressen, Tagungen von Architekten, ich wollte hier bleiben, ich bin in Tissano geboren, meine Eltern zogen bald nach meiner Geburt nach Triest, zur Mutter meiner Mama. Nein …«

»Haben Sie Ihren Vetter in München besucht?«, fragte Martin.

»Er wollte nicht. Wollte das nicht. Er schrieb, er wird heiraten, dann bringt er seine Frau hierher, und er wird hier leben mit ihr. Er wollte heiraten.«

»Er wollte Soraya heiraten«, sagte ich.

»Soraya. Die Vergottung … Aber sie nicht, sie nicht … Er hat Karten geschrieben, er war verzweifelt, deshalb habe ich ihn besucht, ohne Einladung, bin zu ihm gefahren, weil ich mir Sorgen machte. Er schrieb auch, Soraya hat neuen Verehrer, Verehrer? Ein Mann, er ist jung, er überfährt anderen Mann aus Eifersucht, ich habe das nicht geglaubt, was Francesco mir geschrieben hat. Er war verzweifelt. Ich habe ihm helfen wollen. Er war zu lange in München, zu lange an einem Ort, hätte wieder wegmüssen, nicht alt sein, weggehen.«

»Dann fuhren Sie nach München«, sagte ich. »Und dort lernten Sie Soraya kennen.«

»Diese Frau«, sagte er. Er trank aus und goss Grappa in seines und unsere Gläser. Nach einem Zögern leerte er das Glas auf einen Zug.

Dann schwiegen wir. Die Fensterläden schlugen gegen die Hauswand, der Wind wurde stärker und das Zimmer dunkler. Manchmal bellte unten im Hof einer der Hunde, die Hühner gackerten lauter als gewöhnlich, und die Kakadus schrien in den Volieren.

»Nein«, sagte Aroppa. »Nein.«

Offensichtlich wollte er nicht über die Frau sprechen. Wir hatten Zeit.

Ich sagte: »Im letzten Winter haben Sie Ihren Vetter wieder besucht, Signor Aroppa. Warum?«

Von jetzt an bis zu dem Moment, als im Park der Villa die Tragödie begann, trank Severino Aroppa keinen Schluck Grappa mehr.

»Er hatte kein Geld für ... *francobolli* ...«

»Briefmarken«, sagte ich.

»Briefmarken ... Er schrieb noch, er isst nicht mehr ... Dann sind keine Karten mehr gekommen.« Er führte die Hand zum Mund. »Isst nicht mehr ... Ich bin mit dem Zug gefahren, aber ich habe ihn nicht gefunden. Gefunden? Nicht gefunden. Ich bin dann weitergefahren nach Augsburg, in den Norden von Deutschland, ich hatte alte Adressen von Francesco, von früher, ich habe ihn gesucht. Nicht gefunden. Und dann später, im April, bin ich noch einmal gefahren, hatte keine Ruhe. Wieder nichts. Nichts. Das Lokal war schon lange zu ...«

»Der Bärenwirt«, sagte ich.

»Bärenwirt«, sagte er. »Ich wusste nicht, wo er ist. In München? Woanders? Kein Absender.«

Er schickte seinen Blick über die Wände des Zimmers.

»Warum hat er nichts mehr gegessen?«, fragte ich.

»Hungerstreik«, sagte er. »Er hat Hunger gestreikt. Wegen Soraya. Er wollte, dass sie wieder zu ihm kommt. Das wollte er. Hunger gestreikt. Wegen ... Vergottung von Soraya ... Sie aber wollte nicht zurück. Wollte? Sie will nicht zurück zu ihm, nach München, in alte Welt.«

»Soraya lebt bei Ihnen«, sagte ich.

»Ja«, sagte er. »Lebt bei mir und will nicht zurück.«

»Ihr Vetter wusste, dass sie bei Ihnen lebt«, sagte ich.

»Natürlich wusste er. Ich schrieb ihm Briefe auf Postamt, nicht viele Briefe, einmal im halben Jahr, er hat nicht aufgehört, an sie zu denken. So lange Zeit, zehn Jahre? So lange Zeit, und er geht weg aus München und kommt wieder. Er war überall in Deutschland, auf der Straße, keine Wohnung, nicht alt sein, unterwegs, Baustellen, Gasthäuser, Fabriken, Markte. Markte?«

»Märkte«, sagte ich.

»Märkte«, sagte er. »Billiger Arbeiter. Nichts gelernt. Nur Wunschmensch. Wunsch, Soraya kommt zurück. Kommt nicht zurück, Soraya. Will nicht. Ist weggegangen, einmal weggegangen, immer wegbleiben.«

»Und Sie fuhren nach München, um mit ihm zu sprechen«, sagte ich. »Damit er seinen Hungerstreik beendet.«

»Natürlich. Hungerstreik beenden. Was für eine Dummheit. Hungern für die Vergangenheit, das ist doch dumm. Ich war wütend. Ich wollte ihn schlagen. Ins Gesicht. Alter Mann macht Hungerstreik für Geliebte von früher. Ich war sehr wütend. Aber ich habe ihn nicht gefunden.«

»Auch nicht im April«, sagte ich.

»Nein, nicht gefunden. Dann fahre ich noch einmal in die anderen Städte und komm nach Tissano zurück und bin krank vor Grippe und Unruhe. Mein Freund Luigi muss einkaufen für mich und Soraya ...«

»Luigi Fadini, der Verwalter«, sagte ich.

»*Sì*. Er geht jeden Tag in mein Haus, wenn ich verreist bin, kocht mit Soraya, spricht mit ihr, guter alter Freund Luigi. Und dann kommen die Carabinieri und sagen, sie wollen Foto für ihre Kollegen in Deutschland, für Sie.

Mein Vetter ist tot, ist verhungert. Da habe ich geweint, und Soraya hat auch geweint, wir haben uns schuldig gefühlt. Schuldig, dass Francesco starb an Hunger vor Liebe. Nur dumme Wunschmenschen sterben an Hunger vor Liebe. Dumme wie Franceso. Kann ich seine Leiche nach Tissano bringen?«

»Selbstverständlich«, sagte ich noch einmal. »So bald Sie möchten.«

»*Sì*«, sagte er. »Und Soraya betet für ihn. Sie betet den ganzen Tag.«

»Kann ich mit ihr sprechen?«, sagte ich.

»Nein«, sagte er.

»Haben Sie Soraya damals aus München entführt?«, fragte ich.

»Entführt?«, sagte er. »Sie meinen Kidnapping?«

»Ja«, sagte ich.

»Ich habe sie doch nicht gekidnappt. Ich habe sie mitgenommen. Sie wollte mitkommen, schnell, schnell! Sofort. Da habe ich sie mitgenommen. Doch nicht Kidnapping.«

»Haben Sie sie aus Liebe mitgenommen?«, fragte ich.

Auch jetzt galt sein Blick nur dem offenen Fenster, vor dem es dunkel geworden war, obwohl es erst kurz nach neun Uhr abends war.

»Vielleicht«, sagte er mit schwerer Stimme. »Vielleicht ich bin schuld an Francesco. Ich habe ihn verraten. Soraya wollte weg, schnell weg, wegen Unfall mit Wirt, sie hatte Angst, die Polizei findet was heraus, oder dieser junge Mann geht zur Polizei.«

»Soraya liebte ihren Vater«, sagte ich.

»Trinken Sie keinen Grappa mehr?«, fragte Aroppa und sah mich an.

»Sie auch nicht«, sagte ich.

»Ich trinke noch einen«, sagte Martin.

»Das ist gut.« Aroppa schenkte ihm ein.

»*Grazie*«, sagte Martin und trank.

»Soraya liebte ihren Vater«, sagte ich ein zweites Mal.

Aroppa antwortete nicht.

»Warum sind Sie damals nach München gekommen?«, fragte Martin.

»*Un capriccio*«, sagte Aroppa. »Es war Sommer, ich war neugierig. Neugierig? Ich dachte, ich besuche Francesco, eine Überraschung. Ich habe ihn enttäuscht. Ich habe gesagt nein zu Soraya, aber sie sagte, sie muss mit mir kommen, ich kann sie erlösen. Erlösen?«

»Wovon erlösen?«, fragte ich.

»Wovon, ja«, sagte er. »Erlösen. Das hat sie gesagt.«

»Haben Sie sie erlöst?«

Seine Beine fingen an zu zittern. »Wenn Sie sie sehen … wenn Sie sie … Sie ist nicht … Erlösen. Ich kann sie erlösen, sagte sie. Und ich habe sie mitgenommen, ich konnte ihr nicht widerstehen, ich habe verstanden, was Francesco meinte mit Vergottung, ich habe verstanden … Und bis heute …«

In diesem Moment begannen die Schreie und das Gebell und ein gotterbärmliches Gegacker.

Später sagte der Priester, den wir endlich zu Gesicht bekamen, dies sei die blutigste Nacht, die das Dorf je erlebt hätte. Siebzehn Opfer lagen blutüberströmt in der Wiese, nahe dem Teich. Und wir, Martin und ich, Roderich Hefele, Luigi Fadini und Severino Aroppa, lösten uns nur langsam aus unserer Erstarrung und besichtigten den Tatort, der vom Turm bis weit in den Park hineinreichte.

Aus einem Impuls heraus, der nie geklärt wurde, hatte Birba, die weiße Hündin, plötzlich zu bellen begonnen, und wie auf ein Zeichen stimmten der undefinierbare Mischling Jo und Mr Dober mit ein, und dann stürzten sie los. Stürzten an den Tischen entlang, und die Kieselsteine spritzten unter ihren Beinen. Und bevor der Hahn auch nur eine winzige Krähwarnung ausstoßen konnte, gruben sich Hundezähne in das erste Huhn. Und innerhalb von wenigen Minuten richtete das Trio ein Blutbad an. Die Hühner rannten und flogen in sämtliche Richtungen, doch ihre Verfolger erwischten sie alle.

Die Frauen und Kinder, die im Erdgeschoss beim Essen saßen, schrien, und Hefele, der gerade eine Rede über venezianische Landhäuser hielt, griff nach einer Mistgabel und rannte mit Fadini ins Freie. Doch sie waren klug genug, die Hunde nicht noch mehr zu reizen.

In der Zwischenzeit war der Hahn in den hintersten Winkel des verlassenen Pferdestalls geflüchtet und krähte aus vollem Hals. Liesl und Erna, die beiden Schweine, schnüffelten in Haufen von Federn, die die Hennen auf der Flucht verloren oder die ihnen die Hunde ausgerissen hatten.

Martin, Aroppa und ich hatten eilig das Zimmer verlassen, aber es blieb uns nichts, als zuzuschauen.

Die Hunde bissen den Hühnern die Köpfe ab und spuckten sie in den Kies, ins Gras, in den Teich.

Danach hörten sie schlagartig auf zu bellen.

Als wären sie aus einem Alptraum erwacht, taumelten sie zum Hotel zurück, mit eingezogenen Schwänzen, wie von ihrem satanischen Ausbruch selbst erschüttert. Sie krochen unter die Tische direkt an der Hauswand und gaben keinen Laut mehr von sich.

»*Una notte apocalittica*«, sagte Aroppa leise.

In der schweren schwarzen Stille wagten nicht einmal die Kinder der Gäste zu weinen. Die Grillen waren verstummt und sogar der Hahn.

Dann fielen die ersten Tropfen, und dann schossen Regenschwälle aus den Wolken, hart wie Hagel. Überall im Dorf begannen die Hunde zu bellen, bis auf die drei, die, als das Unwetter losbrach, unter den Tischen hervorkamen und stumm ins Haus schlichen.

Im strömenden Regen verfolgten wir die Blutspuren. Hefele und Fadini leuchteten mit Taschenlampen die Wege ab. Unter den Bäumen verstreut lagen kopflose Kadaver, Federn, wohin man blickte.

Schwere Donnerschläge erschütterten die Luft, grelle Blitze zerfetzten den Horizont.

»*Una notte apocalittica.*«

Noch einmal bekreuzigte sich Aroppa. »Ich muss gehen«, sagte er. »Sie wird sterben vor Angst.« Er grüßte niemanden, als er die Wiese verließ und davoneilte.

»Diese Frau könnte seine Tochter sein«, sagte Hefele. »Er hat sie nie angerührt. Er ist für sie da, wir lassen ihn gewähren, jeder im Dorf lässt ihn gewähren. Er war nie verheiratet, dank ihr hat er jemanden, für den er sorgen, dem er sein Leben widmen kann. Er isch wie ein Vater zu ihr, wie ein beschter Freund.«

»Verlässt sie nie das Haus?«, fragte ich.

»Manchmal«, sagte Hefele. »Nachts. Der Priester sperrt extra für sie die Kirche auf, damit sie alleine beten kann. Sie ist sehr gottesfürchtig. Niemand beläschtigt sie. Jeder im Dorf hat Achtung vor ihr und vor Signor Aroppa.«

»Wissen Sie, warum er sie vor zehn Jahren hierhergebracht hat?«, fragte ich.

»Ja«, sagte Hefele. »Er hat sie aus einem Etablischment freigekauft, wissen Sie das nicht?«

»Nein«, sagte ich.

Ich hatte nicht aufgepasst und stand barfuß bis zu den Knöcheln in einer Pfütze aus Blut und Regen.

15

»Und hier«, sagte er, trat einen Schritt zur Seite und zeigte mit der Hand ins Zimmer, »wartet Signora Roos auf Sie.«

Er hatte darauf bestanden, dass ich allein mit ihm in den ersten Stock hinaufging, Martin sollte unten in der dunklen Halle an einem alten Holztisch auf mich warten.

Durch die geöffnete Balkontür fiel Licht, das wie gewaschen wirkte, und der Duft nach Blüten, Erde und gemähtem Gras strömte herein. Nach dem Überfall des Regens, der zwei Stunden gedauert hatte, strotzten jetzt am Vormittag die Bäume und Felder vor noch mehr Grün als vorher. Auf den Straßen glänzten Pfützen, und viele Gärten standen unter Wasser, die Bewohner kehrten abgerissene Äste und Blätter zusammen, Hunde wälzten sich in den Lachen und bellten übermütig.

Vor dem einzigen Fenster des Zimmers war die Jalousie heruntergelassen.

»Gehen Sie zu ihr«, sagte Severino Aroppa. »Ich koche Ihrem Kollegen Kaffee.« Seine Schlappen machten ein quietschendes Geräusch, als er die Steintreppe hinunterstieg.

Im Gegenlicht war die Frau kaum zu erkennen, sie saß auf einem Holzstuhl mit hoher Lehne neben einem kleinen runden Tisch, der Tür zugewandt, in einem schwarzen Kleid und einer Wolljacke mit großen Punkten.

»*Buon giorno*«, sagte ich.

»Hallo«, sagte sie, wie aus einer Ferne. Ihre Stimme

war leise und, wie ich bald feststellte, melodisch und weich.

An der Wand stand ein Sofa, über das eine weiße Decke gebreitet war.

»Setzen Sie sich doch«, sagte Soraya Roos.

Ich setzte mich. Sie rückte den Stuhl näher zu mir, und ich sah sie an. Und was ich sah, erschütterte mich. Ich vergaß, dass ich sie anstarrte, und als ich es merkte, tat sie, als habe sie es nicht bemerkt.

Soraya Roos sah genauso aus, wie Karl Funkel prophezeit hatte: Vor mir saß eine gebrochene Frau, verstört, in einem Käfig aus Einsamkeit, aus der Welt gestoßen. Sie hatte ein kleines Buch mit einem abgeschabten Einband in der Hand, ein Bändchen hing heraus, und zwischen ihren Fingern sah ich ein Kreuz auf dem Buchdeckel.

Außer dem Stuhl, auf dem Soraya saß, dem kleinen Tisch und dem Sofa gab es keine Möbel im Zimmer, keine Bücher, keine Blumen, kein Bild. Neben der Tür hing eine Pinnwand, die ich erst jetzt bemerkte, etwa eineinhalb Meter breit und einen Meter hoch, voll von Ansichtskarten, einige übereinandergesteckt, Motive aus Städten und von Landschaften, Hunderte von Bildern, und ich erkannte auf vielen Karten die Türme der Münchner Frauenkirche, den Alten Peter, Schloss Nymphenburg, Maßkrüge in der Sonne.

»Die sind alle vom Franzl«, sagte Soraya.

»Ja«, sagte ich. »Er hat Ihnen geschrieben.«

»Nicht mir«, sagte sie. »Dem Severin, seinem Cousin.« In ihrer Einsamkeit hatte sie sich einen leichten bayerischen Akzent bewahrt, der ihrer Stimme einen zusätzlichen Klang verlieh, als würde er sie stützen, als helfe er Soraya, überhaupt ein Wort herauszubringen.

»Warum sagen Sie nichts?«, fragte sie nach einer Weile.

Ich sagte: »Wie geht es Ihnen?«

»Ich lebe«, sagte sie.

»Sie leben, und ich habe gedacht, Sie wären gestorben. Wenn jemand so lange verschwunden ist, ohne ein Lebenszeichen, dann ist es sehr unwahrscheinlich, dass er noch am Leben ist. Das ist meine Erfahrung als Polizist.«

»Jetzt hab ich Ihre Erfahrung durchkreuzt«, sagte sie.

»Ja«, sagte ich. Und weil ich nicht wollte, dass mein Schweigen sie bedrückte, tat ich etwas, das mir immer schwerfiel, obwohl es ein wesentlicher Bestandteil meiner Arbeit war: Ich stellte Fragen.

»Hat Ihnen Franz Grosso von Ihren Eltern geschrieben, von Ihrer Mutter, die gestorben ist?«

»Er hat sogar die Todesanzeige mitgeschickt«, sagte Soraya. Das Licht, das durch die Balkontür fiel, verstärkte das silbrige Grau in ihren Haaren, die sie zusammengebunden hatte. Sie hatte hohe Wangenknochen, aber ihre Wangen waren eingefallen, und auf ihrer Haut sah ich dunkle Punkte. Soraya war nicht mehr schön, und ich schaute sie an, und sie erwiderte meinen Blick.

»Warum haben Sie sich bei Ihren Eltern nie gemeldet?«

»Ich bin weggegangen, ich wollt alles auslöschen.«

»Was wollten Sie auslöschen? Die Liebe zu Ihrem Vater?«

Sie zuckte zusammen wie jemand, der im Dunkeln

erschrickt. Die kleine Bibel rutschte ihr von den Knien, und sie ballte die Fäuste.

»Entschuldigen Sie«, sagte ich und hob das Buch auf. Und weil sie keine Hand ausstreckte, legte ich es ihr auf die Knie. Hastig griff sie danach und zog es an sich.

»Ich habe mit ihm gesprochen«, sagte ich. »Ich weiß, was Sie ihm bedeutet haben, Soraya, und was Sie ihm bis heute bedeuten. Und ich weiß, dass es Ihnen nicht anders erging.«

»Das weiß niemand«, sagte sie. »Niemand kann das wissen, und darüber bin ich froh. Froh bin ich. Ja, froh. Froh.« Ihre Stimme wurde leiser. »Ich war ein verderbter Mensch, ich war verderbt und sündig. Ich hab unrecht getan, viele Jahre lang, zwanzig Jahre und noch mehr, unrecht. Aber wenn ich sterb, werd ich gebüßt haben, und ich weiß, Gott wird mir vergeben. Wie meinem Vater. Und wie er meiner Mutter vergeben hat, die gestorben ist.«

»Sie sind ein gläubiger Mensch«, sagte ich.

»Was wir getan haben, das darf man nicht tun«, sagte sie und neigte sich ein Stück nach vorn, eine Ahnung von Nähe entstand zwischen uns. Auch ich beugte mich vor.

»Das darf man nicht tun«, wiederholte sie. Dann verstummte sie und zog ihren Körper wieder zurück, in die alte Starre.

Von draußen drang das Knattern eines Traktors zu uns, immer wieder bellten Hunde, aber ich bildete mir ein, das mörderische Trio aus der Nachbarschaft wäre nicht dabei.

»Haben Sie sich gefürchtet letzte Nacht?«, fragte ich nach einem Schweigen.

»Ja. Die Hunde haben die Hühner getötet, Severin hat's mir erzählt. Es heißt, man kann sich das nicht erklären, dabei ist es ganz einfach. Die Hunde haben an unserer statt gehandelt, wir sollen erkennen, was geschieht, wenn wir den niederen Instinkten nachgeben, wir brauchen solche Zeichen, weil wir so schnell vergessen. Erst hab ich mich erschrocken, aber dann war ich erleichtert, wir sollten alle erleichtert sein nach dieser blutigen Nacht.«

»Dem Hahn wird das schwer zu vermitteln sein«, sagte ich.

Soraya hob den Kopf. Ihr Mund öffnete sich. Ihre Hände lockerten die Umklammerung der Bibel. Und dann lachte sie. Sie lachte laut und schrill, und das Heiterkeitsbeben schüttelte ihren ganzen Körper. Es war, als wäre dieses Lachen in ihr eingekerkert gewesen und würde nun mit aller Macht ins Freie stürzen. Ihre Stimme erfüllte das ganze Haus.

In der Tür tauchte Severino Aroppa auf, außer Atem. Vermutlich war er vor Erstaunen die Treppe heraufgerannt. Er sah Soraya an wie ein Weltwunder. Ich gab ihm ein Zeichen, sich zu gedulden. Mit einem fassungslosen Gesichtsausdruck zog er sich zurück, nicht ohne noch einmal den Kopf zu recken und einen letzten Blick ins Zimmer zu werfen.

Soraya gab glucksende Laute von sich.

Und dann versteinerte ihre Miene wieder.

Sie wartete, dass ich aufhörte zu schweigen, und das fiel mir schwer.

»Ich muss mit Ihnen über Franz Grosso sprechen«, sagte ich leise.

Soraya senkte den Kopf.

»Er ist verhungert.«

Sie blieb stumm.

»Ihr Freund, Herr Aroppa, sagt, sein Vetter war in einem Hungerstreik. Wegen Ihnen. Er wollte Sie zwingen zurückzukehren …«

»Glauben Sie das?«, unterbrach sie mich und sah mich an.

Ich sagte: »Ja.«

»Warum denn?«

»Weil ich es für möglich halte.«

Sie senkte wieder den Kopf.

»Warum sind Sie nicht mit ihm nach Italien gegangen?«, fragte ich. »Warum mit einem anderen Mann?«

»Ich hab Gott auf die Probe gestellt«, sagte sie mit dünner Stimme. »Ich hab sie mir eingeredet, die Liebe, aber diese Liebe ist keine Liebe, diese Liebe ist Schmutz. Man darf seinen Vater nicht so lieben, wie ich es getan hab, und kein Vater darf so lieben, wie er es getan hat, das ist verwerflich und eine Sünde und ein Verbrechen auch. Und der andere Mann, der ist bloß da gewesen und hat nichts damit zu tun gehabt, der ist gekommen, und ich hab ihn gesehen, und ich hab verstanden. Er ist ein Zeichen gewesen, und ich hab das Zeichen erkannt. Ich hab es erkannt. Und ich hab zu ihm gesagt, nimm mich mit, damit ich aus dem Frevel herauskomm und damit der Schmutz und der Ekel von mir abfallen in einem anderen Land, in einem Alleinsein, wo ich Gott sagen kann, wie sehr ich bereu. Und das tu ich jetzt seit vielen Jahren, und es sind noch lange nicht genügend Jahre. So ist das gewesen. Ich hab vierzig Jahre alt werden müssen, um zu begreifen, was ich getan hab, vierzig Jahre, schon erwachsen und ein verstoßenes Kind. Ich hab Gott auf die Probe gestellt, ich hab sogar jemand umbringen wollen, weil ich so war, wie ich war, weil die schmutzige Liebe mich dumpf und böse gemacht hat. Und Severin hat mich errettet, er hat nicht gefragt, er hat sogar seinen Vetter verraten wegen mir, er hat auch gelogen wegen mir, er hat allen Leuten gesagt, ich komm aus einem Bordell, und er hat mich rausgekauft. Er hat gelogen für mich, und er hat seinen Vetter, den er geliebt hat, betrogen. Er hat mich in sein Haus mitgenommen, aus freien Stücken. Und wenn ich einmal angerufen hätt zu Haus, wär ich wieder beschmutzt worden und hätt mich versündigt, das hört nicht auf. Ich hab nicht anrufen können, das hab ich nicht können und nicht dürfen und auch nicht wollen, später. Am Anfang schon. Am Anfang wollt ich anrufen und sagen, ich bin hier und komm nicht mehr. Aber dann hab ich Severin gesagt, er soll mich einsperren, hier im Zimmer einsperren, die Tür verriegeln und das Rollo zumachen, ich hab ihn angefleht, und er hat es gemacht, für mich. Und ich hab fünf Monate das Zimmer nicht verlassen, nur kurz, einmal am Tag, um mich zu waschen, und dann musste es dunkel sein, überall dunkel, damit mich kein Auge sehen konnte, mich Dreck. Danach hab ich mich nicht mehr melden können zu Haus, auch nicht, als meine Mutter gestorben ist, arme Mutter, sie hat alles mit ansehen müssen, und ich hab sie ausgelacht, ich hab zu ihr gesagt, sie weiß gar nicht, was Liebe ist. Ich hab doch gedacht, dass das eine richtige Liebe ist, eine, die sein darf, das hab ich doch gedacht, seit ich zehn war oder erst sieben, ich hab das geglaubt und mein Vater auch. Ich wollt nie einen anderen Mann haben als meinen Vater, ich hätt alles für den gemacht, ich hab sogar einen Menschen umbringen wollen für ihn, die anderen Männer haben mich nicht verstanden. Nein.«

Sie atmete laut, unter dem schwarzen Kleid hob und senkte sich ihr Bauch, und sie umklammerte das kleine Buch in ihrem Schoß.

»Und ich bin auch nicht ausgezogen, wo hätt ich denn hinziehen sollen, wohin denn? Die Männer wollten immer, dass ich sie heirat, die haben nicht gewusst, dass ich schon verheiratet war. Das war ich eigentlich, ich hab mich so gefühlt, ich hatt ein verheiratetes Gefühl, und meine Mutter hat mir das ins Gesicht geschrien, dass ich mit meinem Vater verheiratet bin und nicht sie. Und nicht sie. Das hab ich geglaubt, ich hab ihr gesagt, ja, das stimmt, Mama. Ja, das stimmt. Wir sind nach München gezogen von Pirmasens, das war schön, ich hab das Bayerische gleich gerngehabt, meine Mutter wollte, dass wir wegziehen aus der Pfalz, weil sie hat sich geniert. Und ich nicht.«

Auf einmal streckte sie den Arm aus und nahm meine Hand. Und ihre Hand war weich, obwohl sie schmal und knochig war.

»Meine Mutter hat gewusst, dass so eine Liebe ein

Schmutz ist, aber sie hat sich nicht getraut, uns auseinanderzubringen. Mein Vater hat sie manchmal geschlagen, weil sie Tabletten genommen hat und sterben wollt, er hat sie geschlagen, und sie hat geweint, die ganze Nacht, und ich bin zu ihr ins Zimmer gegangen und hab sie trösten wollen und gesagt, wie leid mir das tut und alles, wie leid. Und dann bin ich wieder zu meinem Vater gegangen zum Lieben. Das war mein Leben, bis ich vierzig war. Und Gott hat es nicht gegeben für uns, nur uns. Nur uns und nicht Gott. Und für meine Mutter auch nicht. Und die Männer haben gedacht, ich spiel mit ihnen und nutz sie aus, ich hab sie nicht ausgenutzt, ich hab sie gemocht, ich hab auch mit ihnen Sex gehabt, das hat mein Vater mir nicht verboten, ich hab ihm davon erzählt, aus freien Stücken, ich hab ihm gesagt, wer mich heiraten will, und er hat gesagt, das geht nicht, ich bin doch schon mit ihm verheiratet, und da hab ich ihm recht gegeben.«

Sie sah mich an. Mit einer Hand hielt sie das kleine Buch fest, mit der anderen mein Handgelenk. Die Sonne schien ins Zimmer, und die Geräusche draußen wurden weniger, die Mittagsstille begann.

»Gott hat mich nicht aufgegeben, das ist die einzige Liebe, die es gibt für mich, endlich weiß ich es. Gott hat mir Severin geschickt, und der hat mich mitgenommen in sein Dorf, in sein Haus, und hier lebe ich, und manchmal gehe ich in die Kirche und danke Gott für die Gnade. Ich bitte Sie, sagen Sie meinem Vater nicht, wo ich bin, ich bitte Sie, Sie dürfen es ihm nicht sagen. Sagen Sie ihm nicht, wo ich lebe!«

»Ich verspreche es«, sagte ich.

Sie senkte den Kopf und drückte mein Handgelenk.

»Ich werde ihm sagen, dass Sie leben und gesund sind.«

»Ja«, sagte sie. »Ich bin gesund und lebe und bete jeden Tag zum himmlischen Vater.«

Schwerfällig wie eine alte Frau richtete sie sich wieder auf dem harten Holzstuhl auf.

»Jemand hat mich gebeten, Sie zu grüßen, wenn ich Sie finde«, sagte ich.

»Ich möcht nicht gegrüßt werden«, sagte sie leise.

»Ich werde ihm sagen, ich hätte Sie gegrüßt«, sagte ich.

»Danke«, sagte sie.

Ich wollte gehen, aber ich schaffte es nicht aufzustehen. Ich war hierhergekommen, um zu verstehen, und nun verstand ich und hatte nur ein Schweigen dafür, mein altes treues Schweigen. Und nach meiner Rückkehr würde ich einen Bericht verfassen, in dem ich den Fall der verschwundenen Soraya Roos aus der Gollierstraße in München als erfolgreich beendet erklären würde. *Sie entschied sich für ein neues Leben an einem Ort, den sie nicht preisgeben möchte.* So ungefähr würde die Formulierung lauten, korrekt und endgültig. Nach mehr als zehn Jahren hatten wir eine Vermissung ohne Totauffindung abgeschlossen, obwohl wir von einem bestimmten Zeitpunkt an ein Verbrechen für wahrscheinlich gehalten hatten, und Volker Thon würde mich loben.

In der Stille des Zimmers, in der Nähe der verstummten Frau war ich nur ein Fremder, der zugehört hatte. Und das wollte ich bleiben, bis eine Geste von ihr mir sagen würde: Es ist Zeit, in deine eigene Wirklichkeit zurückzukehren, in der du unverstoßen weiterexistieren kannst.

Am selben Tag stellte sich Ewald Sturm meinen Kollegen von der Mordkommission. Er sagte, er habe vor mehr als zehn Jahren aus Eifersucht einen Mann überfahren und töten wollen. Seine Angebetete aber habe daraufhin nichts mehr von ihm wissen wollen. Und jetzt, nach der langen Zeit, zwinge sein Gewissen ihn, die Wahrheit zu gestehen.

16

Am Morgen nach meinem Besuch bei Soraya Roos hatte Roderich Hefele Martin und mich in seinem Mercedes nach Triest gefahren, wo wir den Zug nach Venedig nahmen, um von dort nach München zurückzukehren. Ich hatte keine von Hefeles Fragen beantwortet, und er drohte, sich bei meinem »Vorgesetschten« über mich zu beschweren. Sonja blieb noch vier weitere Tage in Tissano, was sie bald bereute.

»Jede Nacht?«, fragte Martin.

»Jede Nacht«, sagte ich.

»Arme Sonja.«

»Der Hahn muss sein Leid irgendwie loswerden«, sagte ich. »Und was anderes als krähen kann er nicht.« Sonja hatte mir am Telefon vom allnächtlichen Terror erzählt.

»Worüber hat die Frau so gelacht?«, sagte Martin. Diese Frage hatte er mir schon im Dorf und auf der Zugfahrt gestellt, und nun versuchte er es wieder, weil er dachte, ich würde nach vier Hellen schwach werden.

»Ist nicht wichtig«, sagte ich.

Dann schwiegen wir und tranken.

Heute Morgen hatte ich Sonja angerufen, um ihr mitzuteilen, dass Mutter und Tochter Gebauer das Frauenhaus, zu dem Sonja sie mühevoll überredet hatte, nachdem sie die beiden bei der Großmutter entdeckt hatte, verlassen hätten und in die Wohnung des Bosniers zurückgekehrt seien. »Hol sie da raus!«, sagte sie wütend am Telefon. Sie wusste so gut wie ich, dass wir darauf keinen Einfluss hatten.

Sonja. Vielleicht würde ich sie zum Essen einladen, wenn sie wieder im Dienst war.

Soraya. Vielleicht würde ich sie noch einmal besuchen. Beim Abschied hatte sie geflüstert: »Sie sind willkommen.«

Die Bedienung brachte frisches Bier, und wir stießen an.

»Möge es nützen«, sagte Martin. Er wischte sich über den Mund. »Ich hab Leila angerufen, du erinnerst dich, die Sekretärin aus der Spedition, ich wollt mit ihr ausgehen. Aber sie meinte, so was macht sie nicht, weil sie verheiratet ist.«

Ich sagte: »Sie hat geahnt, was du vorhast.«

»Ich wollt mit ihr essen gehen.«

Wir tranken und redeten über die Blutnacht von Tissano, deren geköpfte Opfer wir nicht einsammeln mussten, das hatte der Hausherr souverän mit eigener Hand besorgt. Womöglich hatte das Kind des fröhlich planschenden Ehepaars nun eine Landphobie und ebenso Klein Lisbeth. Aber vielleicht würde der Anblick von Erna und Liesl sie wieder kurieren. Den Satz »Die tun nix« sollte sich Hefele allerdings verkneifen, wenn er neuen Gästen Mr Dober und seine beiden Freunde vorstellte.

Eine Stunde nach Mitternacht waren wir die letzten Gäste. Sehr viele Striche waren auf meinem Bierdeckel, denn heute musste ich bezahlen. Als ich das Wechselgeld einsteckte, zeigte Martin mit zittriger Hand zum Tresen.

»Dafür«, sagte er mit beladener Stimme, »sind wir ausnahmsweise nicht zuständig.«

Über dem Tresen stand in weißer Kreideschrift: »Bedienungen gesucht«.

»Wieso gehst du nicht in deine Richtung?«, fragte Martin vor der Tür und hielt nach seiner eigenen Richtung Ausschau.

»Heute nicht«, sagte ich.

Sie trug einen grauen Mantel, und ihre Augen waren winzig vom Schlaf.

»Ich wusste nicht, dass Sie keinen Nachtportier haben«, sagte ich.

»Sie kenn ich«, sagte Stefanie Veilchen. »Sie sind der Kommissar für die, die weg sind.«

»Haben Sie ein Zimmer für mich frei?«

»Mehrere«, sagte die alte Frau. »Mit Frühstück?«

»Unbedingt.«